이 소설은 2015년 제19회 심훈문학상을 수상했던 중편소설 「험악한 세월」을 고쳐 쓴 작품입니다.

담대하게 거침없이

ⓒ 이경호, 2025

초판 1쇄 발행 2025년 11월 18일

지은이	이경호
펴낸이	이기봉
편집	좋은땅 편집팀
펴낸곳	도서출판 좋은땅
주소	서울특별시 마포구 양화로12길 26 지월드빌딩 (서교동 395-7)
전화	02)374-8616~7
팩스	02)374-8614
이메일	gworldbook@naver.com
홈페이지	www.g-world.co.kr

ISBN 979-11-388-4868-8 (03810)

- 가격은 뒤표지에 있습니다.
- 이 책은 저작권법에 의하여 보호를 받는 저작물이므로 무단 전재와 복제를 금합니다.
- 파본은 구입하신 서점에서 교환해 드립니다.

제19회 심훈문학상
수상작품

담대하게
　　거침없이

이경호 장편소설

하나님의 나라를 전파하며
주 예수 그리스도에 관한 모든 것을
담대하게 거침없이 가르치더라
(사도행전 28장 31절)

1

나는 두려웠다. 세상에 악(惡)이 존재한다는 것을 알고부터 걸핏하면 몸을 바들바들 떨었다. 악이란 것이 하도 무시무시해서 선(善)이 존재한다는 생각은 눈곱만큼도 하지 못했다.

"보이지도 않는 것이 뭐가 두려워?"

엄마는 빙긋 웃으며 악을 하찮게 보았다. 두려움에 떠는 내가 우스꽝스럽다며 고개를 절레절레 흔들기도 했다.

그러나 나는 심각했다. 악의 위세에 짓눌리면 병든 닭처럼 구석에서 웅크린 채 꼼짝도 안 했다. 그렇게 움직이지 않고 아무 생각도 하지 않으면 조금씩 회복되었다.

악은 멀리 있지 않고 언제나 내 주변을 맴돌았다. 어두운 공기를 만나면 나는 곧잘 그것을 감지했다. 악의 실체는 보이지 않는 것이라서 설명할 수 없었다. 하지만 내 머릿속에서는 어렴풋이 형태를 갖추고 있었다.

엄마는 나를 쓱 보더니 단박에 두려움에 떤다는 것을 알아봤다. 그을린 피부였기에 유난히도 빛나 보이는 엄마의 눈은 상당히 밝았다. 엄마가 입을 열면 치아에서도 빛이 났다. 그런데 그 빛은 두려움에 맞설 용기에 대하여 말해 주지 않았다. 오히려 앞날에 더 큰 두려움이 내게 닥칠 것이라고 말했다.

"아직은 두려워할 때가 아니야."

더 큰 두려움이 왔을 때에 두려워하라는 말이었다. 그러면서 엄마는 '때'를 강조했다. 지금 내가 느끼는 두려움이란 순간에 불과한 것이고 언젠가는 정말 두려운 '때'가 온다고 했다.

"그 때는 온단다. 반드시 온단 말이야."

나는 그 '때'가 언제쯤이냐고 묻지 않았다. 이제 막 인생을 시작한 소년에게 시간은 아득해서 두려운 게 아니었다.

어린 나는 '때'가 아니라 '곳'이 두려웠다. 어두컴컴한 장소나 폐쇄된 공간이 무서웠다. 내가 감지한 악은 그런 곳에 꼭꼭 숨어 있었다.

돌이켜 보면 소년의 세계에서 두려운 것은 아주 많기도 했고 아예 없기도 했다. 그런 극과 극의 차이는 생각에서 비롯되었다. 생각이란 것이 머릿속에 앙금처럼 가라앉아 있다가 조금이라도 두려움을 느끼면 금세 부풀어 올랐다. 그러다가 생각을 멈추면 슬그머니 사라져 버렸다.

내가 최초로 두려움을 경험한 곳은 어두컴컴한 부엌이었다. 남향집인데도 북쪽에 자리한 부엌은 언제나 한밤중이었다. 문을 활짝 열어도 뱀처럼 똬리를 틀고 앉아 있는 어둠은 쉬 사라지지 않았다. 뒤뜰이 대숲이라서 어둠은 달아날 곳도 없다는 듯 꼼짝 않고 버티기를 좋아했다. 그러고 보면 내가 본능적으로 두려워했던 것은 시간과 공간을 감추는 어둠이었다. 그 무거운 존재. 좀처럼 크기를 가늠할 수 없는 무시무시한 존재. 있는 것을 사라지게 하는 폭력. 어둠이란 그런 것이었다.

그런데 엄마가 부엌에 들어서면 어둠이 감쪽같이 물러났다. 어린 내게는 그게 참 신기한 일이었다. 엄마의 몸은 반딧불처럼 빛나지도 않았는데 어둠을 잘도 물리쳤다.

"뭔가 비밀이 있어."

나는 종종 혼잣말을 했다. 그리고 부엌과 통하는 작은방 문을 빠끔 열고서 엄마를 엿보곤 했다. 그러다가 엄마가 어둠을 쫓는 무기를 갖고 있다는 것을 알았다. 아무래도 불과 칼이 무기인 듯했다. 가마솥이 걸린 아궁이에다 지피는 불. 부뚜막에 도마를 올려놓고서 내리치는 식칼. 그것들이 어둠을 쉽게 물리치는 것을 자주 봤다.

엄마가 집에 없을 때 나는 엄마를 흉내 냈다. 불쏘시개를 아궁이에 집어넣고 성냥을 그었다. 도마에 양파를 올려놓고 칼질도 해 봤다. 그런데 어둠은 사라지지 않았고 도리어 위협적인 자세로 돌변해서 나를 조롱했다.

엄마의 무기는 짐작과는 다른 것이었다. 사실은 그것이 무엇인지 나는 이미 알고 있었다. 그러나 그것을 무기라고 인정하기가 싫었다. 그저 소리일 뿐이었고 보이지도 않는 것이었기 때문이다.

엄마는 쉴 새 없이 소리를 냈다. 아궁이 앞에서 중얼중얼, 칼질을 하면서 흥얼흥얼. 엄마가 그렇게 내는 소리는 교회에서 무릎을 꿇고 했던 기도였고 찬송이었다. 그것들은 파괴력이 전혀 없었으니 대단한 것은 아니었다. 하지만 나는 비밀을 찾아야겠다는 생각으로 따라 하기 시작했다. 찬송은 알아들을 수 있었으니 어린 나도 목청껏 불러 봤다. 그런데 기도는 방언이라서 무슨 말인지 통 알아들을 수가 없었고 따라서 하기도 벅찼다. 그 기도를 입으로 따라 하려면 윗입술과 아랫입술이 달라붙어서 떨어지지 않았다. 나는 몇 번 엄마를 흉내 내다가 그만두고 말았다.

시간이 흘렀고 나는 두려움에 맞설 지혜가 생겼다. 두려움을 이기는 방법은 단순했다. 무서운 곳에는 시선을 주지 않고 거리를 두는 것이었다. 그래서 부엌을 무서운 곳이라고 단정 짓고 얼씬거리지 않기로 작정했다. 그러면서도 멀찍이 떨어져 있지 못한 것은 거기서 항상 고소한 냄새가 났고 군것질거리가 나왔기 때문이다.

맛있는 냄새가 나를 불렀다. 그러면 나는 슬쩍 부엌으로 가서 어둠부터 살폈다. 어둠에도 깊이가 있었다. 부엌의 문틈에 있는 연한 어둠은 인기척이 나면 사라졌다. 그것은 두려워할 것이 아니었다. 두려운 어둠은 검게 그을린 흙벽에 붙은 새까만 것으로 너무 짙어서 전깃불을 켜도 남아 있었다. 언제까지나 사라지지 않을 것 같은 깊은 어둠도 있었다. 그것은 부뚜막 아래 아궁이 안쪽에 단단히 자리 잡고 있었다. 아궁이는 불을 피워서 가마솥과 구들을 데우는 구멍이었다. 그것은 먹을 것을 삶거나 쪄 주고 잠자리를 뜨뜻하게 해 주는 뜨거운 구멍이었다. 하지만 그 안에 숨은 어둠은 차갑게만 느껴졌다.

언제부턴가 나는 아궁이 속의 어둠을 한 마리 짐승이라고 상상했다. 깊고 짙은 어둠이 마치 웅크리고 있는 짐승의 형상이었다. 짐승이 눈알을 부라리며 불쑥 튀어나올까 봐서 겁이 났다. 그 짐승을 물리칠 궁리를 하다가 우연히 텔레비전에서 방법을 찾아냈다.

내게 방법을 가르쳐 준 것은 만화 영화였다. 텔레비전에서 방영하는 만화에 한밤에 숲을 여행하는 사람들이 나왔다. 그들은 맹수와 마주치자 횃불을 들었다. 그리고 횃불을 칼처럼 휘두르며 맹수와 싸웠다. 사나운 맹수는 불 앞에서 멈칫거리며 공격을 못했다. 그 장면을 본 후부터 나는 불을 가까이하게 되었다.

한낮의 집에는 언제나 나와 여동생뿐이었다. 아버지는 바다에 나가서 고기를 잡거나 바닷가에서 그물을 손봤다. 엄마는 아버지가 밤새 잡은 고기를 팔러 장에 다녔다. 끼니때가 되면 내가 밥상을 차려야 해서 곤혹스러웠다. 그래도 동생에게 의젓하게 보이려고 부엌에 들어가서 성냥개비에 불을 붙였다. 성냥불은 금방 꺼질 불이었지만 횃불처럼 높이 들면 두려움이 절반이나 줄어들었다.

날이 저물면 장에서 돌아온 엄마는 저녁 준비에 바빴다. 엄마가 아궁이에 불을 지핀 후에 불길이 거세지기 시작하면 나는 이때다 싶어 부엌으로 들어갔다.

엄마가 있는 부엌은 안전한 곳이었다. 나는 아궁이 앞에 가서 불을 쬐고 앉았다. 불 앞에서 나는 착해져서 얌전하게 굴었다. 타오르는 불을 바라보는 것이 마냥 좋았다. 가끔은 짐승이 있나 보려고 고개를 잔뜩 숙이고서 불타는 아궁이 안을 들여다본 적도 있었다. 그때마다 괜히 보았다고 후회했다. 응고된 핏덩어리 같은 검붉은 어둠. 영원할 것 같은 무서운 존재. 아궁이 속 어둠은 사라지지 않고 더 깊은 곳으로 옮겨 가서 웅크리고 있었다.

"눈에 보인다면 무서운 게 아니야. 보이지 않는 것도 그래. 내가 보니까, 무서운 것이 네 머릿속에 있구나. 쓸데없는 상상 말이다."

엄마는 내가 상상하는 짐승을 안다는 듯 웃으며 말했다. 그 웃음은 내가 무엇을 잘하고 무엇을 못하는지 훤히 알기에 나온 것이었다. 그것은 눈에 보이는 것이었다. 하지만 내가 무엇을 두려워하고 무엇을 상상하는지는 보이지 않는 것이었다. 그런데도 엄마는 다 안다는 눈빛이었다.

"너는 불이 그렇게도 좋으냐?"

"그럼요."

나는 아궁이에다 손을 내밀고서 씩씩하게 대답했다. 그리고 엄마가 묻기를 기다렸다. 불을 좋아하는 이유를. 그러면 나는 불의 빛과 열에 대하여 실컷 떠들어 볼 작정이었다. 그때 아홉 살이었던 내가 빛과 열에 대하여 할 말은 많지 않았다. 고작 어둠의 반대편에 있는 빛을, 차가움의 반대편에 있는 열을 말할 수 있을 정도였다.

엄마는 묻지 않았다. 내가 무슨 말을 하려고 하는지 안다는 듯 싱긋 웃기만 했다. 그러다가 나를 넌지시 바라보더니 조심스럽게 입을 뗐다. 그 순간에 엄마의 눈동자와 치아만 빛난 것이 아니었다. 두 볼에서도 환한 빛이 흘렀다.

"너는 나중에 불을 만지는 사람이 될 거 같다. 가만, 가만히 있어 봐라. 뭔가 보이는데……."

엄마가 말을 흐리더니 눈을 감았다. 나는 그 눈을 뚫어져라 바라보았다.

잠시 후에 엄마가 눈을 떴다. 그 순간에 나는 깜짝 놀랐다. 엄마의 눈빛이 달라졌기 때문이다. 눈을 감기 전에는 불빛이었는데 눈을 떴을 때는 하늘빛이었다. 깊고도 맑은 그 빛이 내게 말했다.

"내가 배운 게 없고 세상도 잘 몰라서……. 아무튼 뭔지 잘은 모르겠지만, 분명한 것은 네가 앞으로 할 일인 것 같다. 내가 보이는 대로 말해 줄 테니까 잘 들어 봐라."

엄마가 아주 중요한 말을 하려는 듯 자세를 고쳐 앉았다. 그 사이에 나는 침을 꼴깍 삼켰다. 앞으로 내가 할 일이라면 나의 미래였으니 호기심에 귀를 쫑긋 세웠다.

"아들아, 네가 불같은 빛을 들고 있구나. 빛! 밝은 빛 말이다. 너는 그 빛을 수많은 사람들에게 뿌리게 될 거야. 빛이 네 손에서도 나오고 눈동자에서도 나온다. 아니, 아니다. 네 온몸이 빛 덩어리 같구나. 너무 많이 흘러나오는구나. 아무튼 네가 빛을 움직이기도 하고, 또 멀리 보내기도 하는구나. 그 빛은 흔한 것이 아니야. 엄청 큰 전깃불처럼 아주 강하고 아주 멀리까지 가는 햇볕 같은 빛이야. 힘이 넘치는 빛인데, 묘하게도 여러 가지 색깔까지 내는구나. 아, 다시 보니까, 너는 빛을 들고 다니는 사람이다. 빛을 조종하는 사람이란 말이지. 너는 빛을 움직이면서 빛이란 것이……. 아, 그게 단순한 빛은 아닌 것 같다. 아무래도 무슨 뜻이 있는 빛인데…….”

엄마가 말을 멈추더니 옷소매로 입을 쓱 닦았다. 그 순간에도 나를 보는 눈동자는 빛났다.

"빛이 생명일까? 아니다. 구원일 수도 있겠다. 내가 아는 말이 그런 것뿐이라서 그렇게밖에는 말을 못하겠다. 아무튼 빛이 그런 것이라고 너는 많은 사람들에게 말하게 될 거야. 생명이란 무엇인지 나는 말해 주기가 어렵다. 그건 네가 지금부터 많이 생각해 봐야 할 거야. 그것이 네가 할 일이니까. 글쎄, 나도 잘 모르겠다만 빛이 사람을 살리는 일을 하는 것만은 분명하다. 아들아, 빛을 잘 붙잡고 살아야 한다. 중요한 것은 네가 빛이 되어야 한다.”

엄마는 목이 마른 듯 두리번거리더니 벌컥벌컥 물을 마셨다. 그런 후에 할 말이 남았다는 듯 입술을 우물거렸다. 그러나 더는 입을 열지 못했다.

나는 또 한 번 놀랐다. 잠깐 사이에 엄마의 표정이 싸늘하게 바뀌었기 때문이다. 엄마는 설명을 못할 정도로 지식이 부족한 것이 부끄러운 모양이었다. 볼과 귀가 불빛처럼 붉었다. 그러면서 방금 무슨 말을 했는지 모르겠다는 듯 멍한 눈빛이 되었다.

나는 이상한 두려움을 느꼈고 가슴이 심하게 두근거렸다. 공포감은 없었다. 엄마가 한없이 위대해 보였으니 그것은 경외(敬畏)였다.

나는 방으로 들어가서 엄마의 말을 되새겼다. 그리고 알았다. 엄마의 말이 예언이라는 것을. 놀랍게도 엄마는 먼 미래의 어느 날을 환상으로 본 것이었다. 그 환상 속에 성인이 된 내가 있었다. 엄마는 생애 처음으로 누군가의 인생을 미리 보았고 예언을 한 것이었다.

엄마의 예언은 적중했다. 엄마가 나의 미래에 대해서 말했던 그날로부터 이십 년이 못 되어 나는 방송국에 기술직으로 입사해서 조명을 맡게 되었다.

조명은 나와 잘 맞는 일이었다. 그것은 단순히 어두운 데를 밝히거나 빛의 양을 조절하는 일이 아니었다. 빛으로 다양한 표현을 하면서 영상에 풍부한 색감과 시각효과를 주고 감정과 분위기도 조절하는 일이었다. 그 일을 나는 아주 빠르게 눈으로 판단하고 손으로 척척 해 나갔다. 수년째 조명을 하는 이들도 빛의 성질은 알다가도 모르겠다며 하면 할수록 어렵다고 투덜거렸다. 하지만 나는 경험이 쌓일수록 빛을 내 손에 쥐었다가 펴 놓는 듯 간단하고 신속하게 일을 했다. 나는 남들이 꺼리는 야외조명을 주로 하면서 몇 해를 바쁘게 보냈다. 어렸을 적에 엄마의 예언은 생각지도 못했다.

나는 조명회사를 설립한 후에 엄마의 예언이 생각났다. 그때부터는 현장에서 누가 나를 조명감독이라고 부르기만 하면 그 예언과 동시에 엄마가 떠올랐다.

엄마의 예언대로 된 것은 나뿐만이 아니었다. 나와 세 살 터울의 여동생도 그랬다.

병약했던 여동생은 초등학교 시절에 또래들보다 한참 뒤떨어진 아이였다. 심지어는 저능아 또는 바보 취급도 받았다. 그런데 엄마가 여동생은 몸이 자랄수록 머리가 더욱 영특해질 것이라고 예언했다. 그 예언대로 중학교에 가서 서서히 공부가 나아지더니 고등학교 때는 상위권에 올라섰고 여학생들이 진학하기 어렵다는 교육대학에 붙었다.

여동생은 교사생활을 하면서 학교에서 힘든 일을 만나면 꼭 엄마에게 어찌해야 하는지를 물었다. 그때마다 엄마가 일러 준 말이 여동생에게 힘을 주었다. 그 힘이 엄마의 능력이었다.

엄마의 능력은 학습의 결과가 아니었다. 내가 알기로 엄마는 초등학교도 졸업하지 못했다. 한글을 겨우 깨쳤을 때 학교를 그만두었다. 그런 엄마의 능력이 어디에서 나왔는지 엄마를 아는 사람들은 다 알고 있었다. 나도 물론 잘 알고 있었다.

   그런데 나는 엄마의 능력은 갖고 싶지 않았다. 나도 가질 수 있다고 엄마가 여러 번 말한 적이 있지만 나는 혹시라도 그 능력을 갖게 될까 봐 두렵기도 했다. 엄마가 그것을 기나긴 싸움 끝에 얻었다는 것을 잘 아는 까닭이었다. 그리고 그 능력을 지녔음에도 불구하고 엄마의 고난이 끝없는 것을 보았던 까닭이었다.

2

 엄마는 고향을 이야기할 때면 언제나 승달산을 빼놓지 않았다. 승달산은 해발 삼백 미터 남짓의 낮은 산이지만 법천사라는 절이 있는 명산이다. 그 산 아래 둔덕진 밭에는 코를 만지면 아들을 낳는다는 이야기가 전해지는 돌장승이 군데군데 흩어져 있다. 엄마가 태어나서 자란 곳은 바로 법천사 아랫동네였다.
 "절이 있는 산기슭은 언제나 싸늘한 바람이 불더라. 그 바람을 만나면 좀 무섭더라. 그리고 돌장승은 괴물 같아서 눈도 마주치기 싫더라니까."
 엄마는 어렸을 적에 절 근처에 가지 않으려 했던 이유를 그렇게 말했다. 하지만 그것은 누구나 수긍할 수 있는 말은 아니었고 엄마만의 편견일 뿐이었다. 돌장승이 괴물 같다는 것도 그랬다. 나도 여러 번 그것을 봤고 만져 보기도 했다. 그 외모가 기형적이지만 소탈하게 웃고 있는 눈매는 괴상하지 않았다.

나는 추측했다. 엄마는 일찍부터 교회에 다녔던 까닭에 절에 가는 것이 싫었던 것이라고. 먼저 습득된 문화가 다른 문화를 배격하는 법이다. 그런 이유로 돌장승을 미신이라고 생각해서 멀리했을 것이라고.

엄마가 초등학교에 들어갈 무렵에 마을 입구에 교회가 들어섰다. 엄마는 그 교회를 학교를 그만둔 후부터 다녔다.

엄마는 학교를 오래 다니지 못했다. 외할아버지가 여자는 이름만 쓰면 공부를 다 한 것이라고 학교를 가지 못하게 했기 때문이다. 그때부터 엄마는 밭에 나가서 묵묵히 일을 했다. 농사짓는 틈틈이 나물을 캐고 땔감을 줍고 하면서 어린 날들을 흘려보냈다.

농사의 시간은 무척 빨랐다. 씨앗을 뿌리고 나면 어느덧 수확을 했다. 그런 후에 그 자리에 또 다른 씨앗을 뿌리면 훌쩍 한 해가 넘어갔다. 궂은 날은 시간이 한층 더 조급해졌다. 비가 오고 그치거나 눈이 쌓였다가 녹고 나면 시간은 저 멀리 달아나기 일쑤였다.

"덧없이 살면 안 되겠더라. 그걸 깨달았을 때는 하늘에서 빛이 쏟아지는 것 같더라."

엄마에게 세월을 야무지게 살라고 깨우쳐 준 곳은 교회였다. 죽어라고 일만 하다가 일요일이면 나가는 교회의 주일학교였다.

주일학교는 배움의 장소가 아니라 어린애들만의 예배시간이었다. 그 시간을 학교라고 생각한 어린애는 엄마밖에 없었다.

엄마는 일주일에 하루만 학교에 가고 다른 날은 밭에서 일했다. 일만 시킨 외할아버지를 원망한 적은 없었다. 외할아버지는 고지식한 분이었다. 그분의 턱에 난 까끄라기 같은 수염에는 누구도 꺾을 수 없는 고집이 묻어 있었다. 그런데 이상하게도 엄마가 교회에 다니는 것은 말리지 않았다. 그것이 다행이었다고 엄마는 수차례 말했다.

나는 엄마의 팔과 다리의 근육을 보며 짐작했다. 엄마는 힘센 청년 못지않게 곡식 한 자루를 너끈히 들었고 나뭇짐을 머리에 이고 산을 내려오기도 했다. 그렇게 엄마가 일을 잘했으니 외할아버지가 일요일만큼은 쉬도록 내버려뒀을 것이라고.

엄마는 교회에 다니면 뭐라도 배울 것이 있다고 믿었기에 열심을 냈다. 그래서 교회는 엄마에게 학교였다. 교과서는 두툼한 성경책이었고 교사는 예배를 인도하는 전도사였다.

"요즘 사람들은 나이가 서른이 되고 마흔이 되어도 다들 너무 어려 보여서 큰일이다. 그때 전도사님은 서른도 안 되었는데도 아주 어른스러웠거든."

엄마는 강 전도사의 첫인상을 잊지 못했다. 훗날 그가 목사가 되고 노년으로 나이가 든 모습까지 지켜보았지만 언제나 첫인상만을 말했다.

나는 엄마의 옛 사진에서 강 전도사를 본 적이 있다. 비쩍 말라서 볼품없는 외모였다. 하지만 엄마의 기억에 그는 이글거리는 눈동자와 웃는 얼굴로만 남아 있었다.

엄마가 어린 시절에는 글을 모르는 사람이 태반이었다. 그들을 모아 놓고 한글을 가르쳐 준 곳이 교회였다. 엄마는 글은 깨우쳤기에 상급반에 속하는 성경반을 다녔다. 성경반의 공부란 대단한 것이 아니었다. 하루에 성경을 한 장씩 소리 내어 읽고 전도사에게 모르는 낱말을 묻기도 하고 뜻풀이를 듣는 것이 고작이었다. 엄마는 십 년 가까운 세월을 그렇게 보냈다.

십 년이라는 시간은 지난 후에 돌아보면 금방이지만 지내는 동안에는 길고 긴 시간이었다. 그 시간 속에서 엄마는 믿음이 생겼다. 믿음은 보이지 않는 것을 대상으로 하는 것이라서 가지려고 애써도 가질 수 없는 것이었다. 게다가 가졌다고 해도 한순간에 바람처럼 사라지는 것이기도 했다. 그런데 엄마의 믿음은 가슴에서부터 저절로 생겨나서 흔들리지 않을 만큼 단단해졌다.

나는 믿음에 대해서 의문이 많았다. 믿음이 저절로 생긴다는 것이 과연 가능한 일인가. 굴렁쇠가 저 혼자서 굴러갈 리 없듯이 믿음도 자연히 생길 수는 없었다. 무언가가 있을 것이다. 엄마를 믿음의 세계에 푹 빠지게 했던 것은 과연 무엇일까. 나는 엄마와 지난 일을 나눌 때마다 그것이 궁금했다. 그러나 번번이 묻지 못했다.

고백하건데 묻지 못한 이유는 두려움 때문이었다. 그것을 알게 되면 나도 그렇게 믿고 살아야 한다는 것이 두려웠다. 그럼에도 불구하고 믿음의 정체는 궁금하기만 했다. 그래서 나는 엄마가 믿음에 관한 말을 하면 귀를 기울였다.

"태초에 하나님이 천지를 창조하시니라."

엄마는 성경의 첫 말씀을 책 읽듯 또렷하게 말한 적이 없었다. 노래하듯 낭랑한 목소리로 말하지도 않았다. 언제나 우렁차게 외치듯 말했다. 틀림없는 사실이므로 믿으라고 목청을 아끼지 않은 것이었다.

어린 엄마는 하나님이 천지를 만들었다는 것을 사실이라고 생각했다. 그 순간에 이상한 힘을 느꼈다. 그 힘에는 약한 바람과 희미한 빛이 섞여 있었다. 신기하게도 힘이 눈에 보였던 것이다.

"중요한 것은 가슴을 뚫고 들어왔다는 거야."

믿음이란 가슴에 들어온 힘이라는 말이었다. 지극히 추상적이었지만 그럴 듯도 했다. 그런데 그 힘이 무슨 수로 가슴을 뚫었단 말인가. 바람과 빛은 막힌 곳을 통과할 능력이 없었다.

"내가 들어오도록 열어 줘야지. 그 힘은 함부로 깨부수고 들어오는 게 아니야. 안에서 열어 줘야만 들어와서 사는 거야."

엄마는 간단하게도 마음의 문을 열면 된다고 했다. 그러면 그때부터 믿음이 양동이로 붓는 물처럼 불어난다고 했다.

엄마는 빛이 있으라는 말에 곧바로 빛이 생겼다는 것이 믿어졌다. 홍수가 났고 바다가 갈라졌다는 환상적인 이야기도 사실로 믿어졌다. 처녀가 아이를 낳고 죽은 사람이 다시 살아났다는 이야기도 실제로 있었던 일로 믿어졌다. 그러면서 보이지 않고 볼 수도 없는 세계가 존재한다는 확신이 생겼다. 귀신이 있고 지옥이 있다는 것과 천사가 있고 천국이 있다는 것이 믿어졌다.

뿌리 깊은 나무처럼 엄마의 믿음이 자라났다. 나무는 엄마의 열정으로 나날이 풍성해졌다. 열정은 다른 게 아니라 틈만 나면 성경을 읽는 것이었다. 그리고 부지런히 교회를 드나들며 기도를 하는 것이었다.

엄마는 저녁에 교회를 가는 것을 좋아했다. 힘든 일을 마치고 편안한 저녁이 되면 기도가 하고 싶었다. 교회에 가는 엄마를 그 누구도 막지 않았다. 엄마를 막은 사람은 외할아버지가 유일했다.

"그만 정도껏 믿어라."

외할아버지가 교회에 가는 엄마를 불러 세워 놓고 말했다. 그것은 결혼 적령기가 된 엄마가 밤에 쏘다니는 것을 염려한 말이었다.

엄마는 염려하지 말라는 듯 야무진 표정을 보였다. 그러자 외할아버지의 목소리가 높아졌다.

"믿어도 적당히 믿으란 말이다. 지나치면 위험해질 수도 있는 것이 믿음이란 것이야. 사람이든 그 무엇이든 혼을 쏙 빼놓고 믿었다가는 쫄딱 망하기가 십상이다. 적당한 선에서 끊어야 쓴다."

엄마는 외할아버지가 무엇을 문제 삼는지 알아차렸다. 그 순간에 가슴이 마구 뛰었고 가슴에서 무언가가 빠져나갈 듯했다.

"…조심히 다녀올게요."

엄마는 가슴을 억누르며 낮게 말했다. 그리고 외할아버지의 눈치를 살피며 내친걸음이라서 집을 나섰다. 그러자 가슴이 진정되었다.

엄마는 기도를 하다 말고 외할아버지의 말을 되새겼다. 흔하게 들었던 말이었으나 신앙하며 살기로 작정했으니 따를 수 없었다. 그렇다고 외할아버지와 맞서기는 싫었다. 머 잖아 시집을 가게 되면 헤어질 외할아버지와는 끝까지 좋은 관계를 갖고 싶었다.

궁리 끝에 엄마는 외할아버지의 눈에 띄지 않게 교회를 다니기로 했다. 눈에 띄지 않는 시간은 새벽이었다. 엄마의 새벽기도는 그렇게 시작되었다.

새벽기도 첫날에 엄마는 신기한 경험을 했다. '할렐루야'를 연거푸 외치는 입에서 봇물이 터지듯 알 수 없는 소리가 흘러나왔다. 사람의 의지로는 멈출 수가 없는 소리였다. 그 소리가 성경에서 말하는 방언이란 것을 엄마는 알았다. 방언은 일상의 언어가 아니라서 알아들을 수 없는 소리였다. 하지만 마음으로는 무슨 소리인지 알 것도 같았다. 그것이 신기해서 엄마는 기도가 재미있기도 했다.

엄마의 기도가 갈수록 깊어졌다. 그런데 그 기도란 것이 대단한 소원을 말하고 구하는 것이 아니었다. 엄마의 기도는 하염없이 울고 우는 회개기도였다. 회개란 지난 죄를 뉘우치고 다시는 죄를 짓지 않겠다는 강한 결단이다. 그것이 단번에 되는 것이 아니었는지 회개는 끝이 없었다. 살면서 단 하루도 죄를 짓지 않았던 날이 없어서 눈물도 그치지 않았다. 이쯤 했으면 회개할 것을 다했다고 생각했는데도 기도를 하면 또다시 회개기도만 나왔다. 그러면서 흘린 눈물이 엄마의 무릎을 축축하게 적셨다.

 시집갈 나이가 된 엄마에게 여러 곳에서 혼담이 들어왔다. 엄마가 일을 억척스럽게 잘하는 처녀라고 소문이 좋게 났던 것이었다. 당시에 꽤 부자 축에 들었던 읍내의 방앗간과 양조장에서도 장가보낼 아들이 있다면서 중매를 놓았다. 그런데 엄마는 남들이 좋다는 혼처를 거절하고 작은 고깃배 한 척으로 근근이 먹고사는 아버지를 선택했다.

 엄마가 아버지한테 마음이 간다니까 외할아버지가 나섰다. 외할아버지는 오십 리가 넘는 길을 걸어서 아버지를 보러 갔다.

 갯벌에서 나온 아버지는 몸이 엉망이었다. 외할아버지에게 꾸벅 인사를 하며 다가왔을 때는 비린내가 풍겼다.

 외할아버지는 아버지에게 이것저것 물어보긴 했으나 형식적인 물음일 뿐이었다. 떼꾼한 아버지의 모습이 영 마음에 들지 않았다.

 외할아버지가 돌아서려고 했다. 그때를 놓칠세라 아버지가 얼른 낙지가 열 마리쯤 들어 있는 그물망을 내밀었다.

 "오늘 잡은 것이 이것뿐이라서……."

 외할아버지는 인사치레라고 생각하고 낙지를 받았다. 하지만 외할아버지에게 아버지는 사윗감으로 부적격자였다.

 그러나 선택은 오로지 엄마의 몫이었다. 엄마는 외할아버지가 선택을 막는다면 맞설 작정이었다.

"저는 바닷가로 시집갈랍니다."

엄마는 외할아버지에게 당돌하게 말했다. 그러면서 온갖 해산물을 외갓집에 양껏 갖다 줄 수 있다고 했다. 어업이 농업보다 수월한 일이라고도 했다.

다행이었다. 외할아버지는 농촌에서만 살았던 엄마가 번잡한 곳에서 살기는 힘들다고 판단했던 것 같다, 그래서 고집을 부리지 않고 고개를 끄덕였다. 만약에 엄마의 선택에 딴지를 놓았다면 쉽지 않은 싸움이 되었을 것이다. 엄마의 선택은 신앙과 관련이 있었기 때문이다.

엄마는 두 가지 이유로 아버지를 선택했다. 하나는 아버지가 사는 마을에 교회가 있어서였다. 전쟁이 끝난 해부터 돌을 쌓아 올려 지은 교회는 퍽 튼튼했고 믿음직스러워 보였다. 또 하나는 아버지가 부모 없이 형제들과 떨어져서 고아처럼 살고 있었기 때문이다. 여느 처녀들이 꺼릴 만한 아버지의 조건이 엄마는 오히려 마음에 들었다. 시부모를 모셔야 하고 제사를 지내야 한다면 교회를 못 다니게 될 수도 있었다. 그런데 아버지에게 시집가면 신앙생활만큼은 지장이 없을 것이라고 봤다. 게다가 아버지는 외로운 사람이니까 쉽게 전도가 될 것이라고 보았다. 오래전부터 마을에 교회가 있었으므로 이웃들도 교회에 대해서 적대감이 없을 것이라고 짐작했다.

  아. 그런데 아니었다. 그런 선택의 이유들이 엄마의 예상을 크게 빗나갔다. 너무 크게 빗나가서 엄마는 암담하고 참담했다. 엄마는 아버지와 싸워야 했고 교회와도 싸워야 했다. 아주 지독하게.

3

 엄마는 그전까지 누구와도 싸워 본 적이 없었다. 싸움이란 상대가 있어야 하는 것인데 상대가 없었으므로 싸움을 걸어 본 적도 당해 본 적도 없었다. 그런 엄마가 아버지라는 상대를 만나 싸움을 걸었다.
 아버지는 키가 컸으나 마른 체격이었다. 갯바람에 그을린 가무스름한 얼굴에는 핏기가 없었다. 단단한 체격의 엄마에게는 해볼 만한 상대였다. 새색시였던 엄마는 주눅 들지만 않으면 될 것이라고 봤다. 싸움은 경험이 많아서 이기는 것이 아니라 상대를 누를 수 있다는 강한 모습만 보인다면 이길 수 있다고 본 것이었다.
 첫 싸움은 엄마가 시집온 지 사흘째 되던 날 새벽에 있었다. 싸움의 원인은 '달바위'라고 불렸던 월암(月巖) 때문이었다. 그것은 바닷가 기슭에 봉긋이 솟아 있는 보름달 모양의 둥근 바위였다. 예사롭지 않은 모양의 바위는 오랜 세월 파도에 씻겨서 번들거렸고 밤이면 밝은 빛을 뿜어냈다. 그 빛이 좋은 기운과 복을 준다고 꽤 많은 사람들이 믿었다. 그중에서 어부들의 믿음은 각별했다. 밤바다에서 춤추듯 흩어지는 달빛이 월암과 어울려서 거대한 원(圓)의 형상으로 바뀌는 것을 보게 되면 저절로 비손을 할 수밖에 없었다.

아버지는 바다에 나가기 전에 월암 앞에서 무사(無事)와 풍어(豊漁)를 기원했다. 그 사실을 알고 엄마가 가만있지를 못했다.

"말도 못하는 바위가 고기 잡을 곳을 알려 주기라도 합니까?"

엄마는 살짝 고개를 숙이고서 말했다. 그러고는 월암은 말도 못하는 돌에 불과하다면서 아버지더러 우상이나 미신을 멀리하라고 말했다.

아버지는 엄마의 말이 엉뚱한 소리가 아니어서 고개를 끄덕거렸다. 아버지도 바위가 영물(靈物)이라고 생각해 본 적이 없었다. 미신이란 것도 알고 있었다. 그저 오래전부터 갯가의 사람들이 월암을 섬겼으므로 아버지도 습관처럼 따라 할 뿐이었다.

아버지는 엄마가 미신을 싫어한다면 얼마든지 멀리할 수 있었다. 그런데 이상한 일이었다. 아버지는 하나님이니 예수님이니 하는 말을 듣는 순간에 돌연 마음을 바꾸고 말았다. 분노도 불끈 치솟았다.

"우리 예수 믿고 삽시다."

"예수? 그러면 그 예수가 고기 잡을 곳을 알려 준단 말인가?"

"그럼요. 성경에 보면 예수님이 베드로라는 어부한테 그물 내릴 곳을 알려 준 적이 있단 말이요. 그때 그물이 찢어질 정도로 많이 잡았지요."

엄마는 차분하게 말을 이으며 천지창조와 하나님에 대해서 말했다.

아버지는 잠자코 듣다가 갑자기 하나님이 어디에 있냐고 버럭 내질렀다. 해와 달과 바람과 비를 그 누가 치밀하게 만들고 조정할 수 있단 말인가. 그것은 그저 자연의 이치일 뿐이지 하나님 따위는 없다고 아버지가 소리쳤다.

"월암은 저기 바닷가에 버젓이 있기라도 하지. 그놈의 하나님은 대체 어디에 있단 말인가? 있는 곳이 어디냐고 말 좀 해 봐. 내가 가서 얼굴이나 한번 보게."

아버지가 하늘을 향해서 손가락질하며 비웃음을 흘렸다. 그러면서 예수를 믿는 것과 월암을 믿는 것이 뭐가 다르냐고 윽박지르듯 소리쳤다. 그리고 결론을 냈다.

"다 미신이지. 헛것이란 말이야."

엄마가 가만히 듣기만 하자 아버지는 결론을 다시 강조했다. 보이지 않는 것을 믿는 것은 홀린 것이라고. 나무 막대기로 엉성하게 만든 십자가나 거기에 매달려 죽었다는 예수도 미신일 뿐이라고.

첫 싸움을 싱겁게 끝내 버린 엄마는 침묵 속에서 내일을 봤다. 쉽지는 않겠지만 꾸준히 설득해 나가면 머지않아 아버지가 바뀔 것이라고 내다봤다. 아버지가 미신을 거부하는 것을 좋게 본 것이었다.

그러나 아버지는 교회와 예수에 관한 말을 들으면 새벽 바다에 스멀스멀 일어나는 물안개처럼 가슴속에서 반감이 생겼다. 참을 수 없는 반감이어서 급기야는 성난 소리를 지르고 말았다.

"그만해. 그게 다 헛것이란 말이여. 믿기는 뭘 믿는단 말인가? 다 헛것을 믿는 거야. 예수? 죽은 것은 죽은 것이지. 죽은 것이 무슨 힘을 쓸 수 있냐고?"

엄마는 아버지가 거칠게 내뱉는 말에 가슴이 아팠다. 그렇지만 꾹 참았고 묵묵히 들어주었다.

"사람이 죄가 있으면 경찰에 가서 자수하고, 돈 없으면 품을 팔아서라도 벌면 되는 것이지. 헛것 붙잡고는 아무것도 못 얻지. 미신이 원래 헛것이니까. 헛것한테 죄를 빌어? 돈까지 바친다고? 그건 미친 짓이야."

아버지의 눈에 독이 올랐다. 그 독이 꺼져 있던 눈자위를 툭 튀어나오게 했다.

아버지는 엄마와 부딪칠 때마다 교회가 더욱 싫어졌다. 그 싫은 곳을 엄마도 가지 못하게 해야겠다고 결심했다. 당장 못하게 하면 싸움이 될 것 같아서 기회를 노렸다. 엄마와 교회를 떼어 놓을 기회를.

엄마도 기회를 노렸다. 아버지가 교회를 이웃집처럼 드나들게 될 기회를. 그러려면 먼저 교회를 바라보는 아버지의 시선을 바꾸어야 한다고 봤다. 아버지는 교회를 더러운 죄를 지은 음흉한 자들이나 가는 곳이라고 했다. 그리고 약하고 가난한 사람들이 하소연이나 하려고 찾아가는 곳이라고 비웃었다. 그런 비웃음에서 엄마는 아버지가 교회에 적개심을 품고 있다는 것을 알았다. 분노와 증오로 일그러진 그 마음이 여간해서는 바뀔 것 같지 않았다. 그래서 엄마는 아버지가 안쓰럽기도 했다.

교인들을 바라보는 아버지의 시선도 곱지 않았다. 그중에 꼴도 보기 싫은 사람도 여럿 있었다.

"교회에서 대장 노릇 하는 박 장로를 봐라. 전쟁 때 여러 사람 죽인 자야. 빨갱이라고 고자질해서 말이여. 그런 자가 낯바닥에 철판을 깔고 꼿꼿하게 다니더군. 그리고 윤 집사를 봐. 본래 거렁뱅이로 빌어먹던 자였어. 그런데 요새는 안수집사라는 감투 하나 썼다면서 거만해졌어. 교인들한테 이래라저래라 큰소리치는 꼴이 아주 가관이야."

엄마는 아버지가 몇 사람을 죽일 듯이 미워하는 것을 알았다. 그중에서 윤 집사를 입에 올릴 때면 목덜미까지 빨개져서 소리치는 것을 보았다.

긴 얼굴에 몸도 길고 곧은 윤 집사는 교회에서 맡은 일이 많았다. 가느다란 눈으로 쏘아보는 것이 흠이었지만 살찐 얼굴은 좋은 인상이었다. 그와 아버지 사이에 얽히고 맺힌 일이 있다고 엄마는 짐작했다. 그리고 그것을 푸는 일부터 시작하기로 결심했다.

"믿음이 생기면 다 풀릴 것 같네요."

"그런 거 갖고 싶지 않다니까."

"가져서 나쁠 것은 없잖아요. 사람이 없는 것보다는 하나라도, 뭐라도 있는 것이 낫잖아요."

엄마는 아버지가 최소한의 믿음이라도 갖기를 바랐다. 그러기 위해서 날마다 아버지 곁에 매미처럼 착 달라붙어서 시끄럽게 외쳐 댔다. 아버지가 엄마를 떼어 내려고 힘껏 밀쳐도 소용없었다.

"이 집이 저 혼자 생긴 것이 아니잖아요. 누군가가 지었으니까 이렇게 있는 것이죠. 세상도 그래요. 저절로 생길 수가 없는 거란 말이요."

"세상을 누가 지었다고? 이 엄청난 것을 누가 지어? 지은 사람이 있다면 이 세상보다 훨씬 더 커야 하잖아. 그 큰 사람이 왜 눈에는 안 보이는 거야? 세상 어디서나 보여야지. 보이지도 않으면서 믿으라면 믿어? 사팔뜨기 병신이라면 믿겠지만."

아버지가 그렇게라도 소리치기를 엄마는 기다렸다. 기다리면서 속으로는 해야 할 말을 다듬고 다듬었다.

엄마는 부드러운 목소리로 말했다. 하나님이 창조했다고. 태초에 하나님이 창조했다고. 태초에 하나님이 천지를 창조했다고. 엄마는 했던 말을 하고 또 하면서 마치 개구리처럼 밤새도록 울어 댔다.

시끄럽다고 아버지가 엄마를 윽박지를 셈으로 냅다 주먹을 내밀었다. 그러면서 아버지는 엄마가 입을 다물지 않으면 주먹을 휘두르겠다는 태도를 보였다.

엄마는 위축되지 않았다. 오히려 눈을 지릅뜨더니 때릴 테면 때려 보라는 듯 당당하게 나왔다.

"난 예수 안 믿고는 못 산단 말입니다."

죽기를 각오했다는 소리였다. 그래서 엄마의 말에는 힘이 있었다.

"너나 잘 믿고 살아라. 난 이렇게 살다가 죽을라니까."

아버지는 막말을 하듯 소리쳤다. 그러나 주먹을 뻗지는 못했다. 두려워하는 기색이 전혀 없는 엄마의 눈동자에 아버지는 도리어 겁이 나서 슬쩍 꼬리를 내리고 말았다.

신혼시절에 아버지가 본 엄마는 낙숫물로 바윗돌을 뚫겠다는 집념을 품고 있는 여자였다. 그것은 고집보다도 훨씬 강해서 아버지는 엄마를 이길 수 없다고 판단했다. 그리고 성경의 내용을 말할 때면 눈빛이 어찌나 강렬했는지 똑바로 쳐다보기가 힘들었다. 그랬으니 싸움을 피하려고 아버지는 엄마가 입을 열면 귀를 닫았다. 또한 엄마가 교회에 가는 길을 막겠다고 노렸던 기회도 슬며시 접고 말았다. 그 길을 막으면 싸움은 불가피할 것이었다. 어쩌면 누군가는 크게 다쳐서 길 한쪽에 버려져야 끝날 것이었다.

아버지는 싸움 대신에 술을 찾았다. 화가 나서 마신 술이었다. 그런데 화는 가라앉지 않았고 잘 싸워 보겠다는 의지도 생기지 않았다. 한동안 침울했던 아버지는 기발한 생각을 했다. 그것은 흥청망청 막사는 것이 엄마의 신앙을 꺾어 놓을 수 있다는 생각이었다.

엄마는 점차 싸움의 요령을 터득했다. 대단한 요령은 아니었다. 매미와 개구리가 참새로 바뀌었을 뿐이었다. 엄마는 아브라함과 요셉과 모세를 이야기 했고 예수와 십자가와 부활을 이야기했다. 아버지가 듣지 않는다는 것을 알면서도 참새처럼 재잘거렸다. 그러다 보면 바윗돌 같은 아버지의 마음이 바뀔 것이라고 내다봤다.

사실 아버지는 엄마의 말을 듣지 않는 척하면서도 다 듣고 있었다. 엄마는 새벽이면 들창 아래에 앉아 알아들을 수 없는 이상한 소리를 웅얼거렸다. 새벽기도였다. 그 소리는 낮고 깊었다. 아버지는 처음에 그 소리가 거슬려서 이불을 뒤집어쓰고 돌아누웠다. 그런데 오래 듣다 보니까 잔잔한 물결이 밀려왔다 밀려가는 것 같은 정감이 느껴지는 소리가 되고 말았다.

해가 바뀌고 엄마는 나를 낳았다. 그리고 새색시의 티를 벗고 어부의 아내가 되었다. 그때 아버지는 엄마가 주일마다 쌀독에서 쌀을 퍼 가고 헌금으로 얼마의 돈도 교회에다 바친다는 것을 알았다. 그것은 명백히 살림을 축내는 일이라서 아버지는 두고 볼 수 없다며 엄마와 교회를 갈라놓을 기회를 다시 노렸다. 하지만 엄마가 아주 부지런해서 아버지는 머뭇거렸다.

엄마는 물때에 맞춰 아버지를 따라 바다에 다녔다. 봄이면 병어와 갑오징어, 가을이면 전어와 숭어가 아버지의 그물에 많이 걸렸다. 그리고 달 밝은 밤이면 주낙을 놓아 잡는 낙지가 제법 올라왔다. 아버지는 그렇게 잡은 생선을 이틀에 한 번씩 짐자전거에 싣고 읍내에다 내다 팔았다. 사실 아버지는 그 일을 귀찮아했다. 무거운 자전거로 굽은 길을 따라서 읍내까지 가는 것이 여간 힘든 일이 아니었기 때문이다. 그리고 조금 잡은 생선으로는 목돈을 쥘 수 없었기 때문이다. 게다가 읍내에 가면 방앗간을 그냥 지나치지 못하는 참새처럼 언제나 술집에 들러야 하는 것도 내심 싫었다. 술집을 나오면 남는 돈이 거의 없다는 것을 뒤늦게 알고 후회했던 적이 한두 번이 아니었다.

"힘들고 귀찮아요? 그럼 내가 할게요."

엄마가 생선 파는 일을 손수 하겠다고 나섰다. 아버지는 그 일이 여자가 하기에는 벅차다고 생각했으나 대뜸 그러라면서 엄마에게 일을 넘겼다. 엄마의 당당한 목소리와 자신감 넘치는 표정에 아버지는 그럴 수밖에 없었다. 그리고 멍에를 벗은 기분이었다.

"내가 할게요. 내가 잘할 것 같단 말이요."

엄마의 입에서 툭하면 나온 말이었다. 못할 것이 없다는 듯이 엄마는 당돌하게 말했다. 교회에서도 무슨 일을 해야 한다면 엄마는 가장 먼저 나섰다.

"예, 제가 하겠습니다."

엄마는 우선 소리부터 질렀다. 그런 후에 일을 못한 적이 거의 없었다. 나중에 나는 학교에서 가훈을 적으라고 했을 때 엄마의 그 말을 그대로 적었다. 그만큼 귀에 익은 소리였다.

엄마의 상재(商材)는 아버지의 입을 떡 벌어지게 했다. 엄마는 장터의 가게들과 통하지 않고 버스터미널이나 사람들이 붐비는 곳에다 생선을 담은 함지박을 놓고서 장사를 했다. 장사도 처음 몇 번은 부끄러워서 제대로 못했지만 갈수록 수완이 좋아졌다. 엄마는 가끔은 자리에 앉자마자 단숨에 생선을 다 팔기도 했다. 심지어는 생선을 가지고 읍내로 가는 버스 안에서 다 팔아 버리고 중간에 내려서 집으로 걸어오기도 했다.

홀로 길을 걸을 때면 엄마는 언제나 노래를 불렀다. 그 무렵에는 '내일 일은 난 몰라요'라는 복음성가를 입에 달고 살았다. 이제 막 살림을 시작한 엄마에게 불투명한 앞날은 두려움이 아니었다. 그러므로 그것은 두려움을 물리치기 위해서 부르는 노래가 아니었다. 어쩌면 엄마는 순교자 같은 믿음을 갈구하고 있었으므로 노래를 하며 각오를 다졌는지도 모르겠다.

밤바다에서 엄마는 아버지와 많은 이야기를 나누었다. 바다에서는 주로 아버지가 입을 열었고 엄마는 듣는 편이었다. 그즈음에 엄마가 전도방법을 달리한 것이기도 했다. 엄마는 아버지의 말에 맞장구를 치고 웃어 주면서 한껏 기분을 맞춰 주었다. 그러면서도 엄마는 할 말은 다했다.

"옛날 옛날에 하나님은 양치기들을 좋아했는데 예수님은 어부들을 참 좋아했답니다."

엄마는 마치 전래동화를 들려주듯 입을 열었다. 이야기를 재미있게 하는 방법과 다음을 궁금하게 만드는 솜씨가 갈수록 늘었다.

하나님이니 예수님이니 하면 화부터 났던 아버지는 순간 귀를 의심했다. 엄마의 말에서 하나님과 예수님은 작게 들렸고 양치기와 어부가 크게 들리기도 했지만 전혀 화가 나지 않은 것이 이상했다. 아버지는 어서 말해 보라는 듯 엄마를 넌지시 바라보았다.

엄마는 예수님의 제자 중에서 베드로, 안드레, 야고보, 요한이 어부였다고 말했다. 그들은 모두가 사랑을 많이 받은 제자들이라서 부럽다고 했다. 그러고 나서 예수님이 어부들을 좋아했던 까닭을 말했다.

"사람들은 눈에 보이는 것만 믿고 보이지 않는 것은 믿지 않는단 말이요. 그런데 어부들은 보이지 않는 것을 믿는 사람들이요. 저 바다 위를 보면 물고기는 보이지 않는데도 어부들은 물속에 물고기가 있다고 믿으니까 그물을 던지잖아요. 이게 대단한 믿음이란 말이죠. 보이지 않는 것을 믿는 어부들의 믿음. 그걸 예수님은 좋아하신 거란 말이요. 그런 어부들이 아니었다면 아마도 세상에는 지금처럼 교회가 많지 않았을 거요. 그 어부들이 이 세상에다 교회를 세운 겁니다."

엄마는 꽤 재밌는 말을 했다고 생각했는지 작게 웃었다. 그런데 아버지는 무슨 말인지 못 알아듣는 눈치였다. 엄마가 다시 말했다.

"내가 당신이랑 바다에 나와 보니까 알겠어요. 어둡고 무서운 바다에서 어부들은 누구보다도 별을 많이 바라보잖아요. 별을 바라보는 사람들이 원래 마음이 깨끗하죠. 그 깨끗한 마음을 예수님이 알아보고 좋아하신 걸 수도 있어요. 아무튼 예수님은 사람의 마음을 보니까요."

엄마의 말이 끝나기도 전에 아버지의 가슴에 어떤 느낌이 전달되었다. 그것은 날치처럼 수면 위로 힘껏 올랐다가 잠잠하게 가라앉는 것이었다. 아버지는 가만히 가슴에 손을 얹고 엄마의 말을 되새겼다. 그러자 태풍이 지나간 바다처럼 가슴에 잔잔한 물결이 흐르는 기분이었다.

엄마는 드디어 기회가 왔다는 것을 알았다. 놓칠 수 없는 기회였다.

"하나님이 양치기를 좋아했던 것도 그래요. 양치기들은 밤에 양을 지키고 앉아서 별만 보고 있었을 거 아니에요. 하나님이 보시기에 사람들은 두더지처럼 땅에서 뭐 찾아 먹으려고 돌아다니기 바쁜데 양치기들은 하늘만 보고 있었으니 그들이 얼마나 심성이 고왔겠어요. 하늘을 보면서 흑심을 품는 사람은 없잖아요. 정말로 하나님이 사랑해 주지 않을 수가 없을 만큼 고운 사람들이 양치기였단 말이요."

"맞아, 조 집사 말이 맞겠어. 듣다 보니까 내 속마음을 알아주는 것도 같고……."

아버지는 엄마의 말에 감탄하면서 위로를 받는 기분이었다. 여태껏 누구에게도 해를 끼치지 않고 살려고 했던 마음을 알아주는 것 같아서 그 위로는 따뜻하기만 했다.

아버지는 엄마를 교회에서 부르는 호칭에 따라 집사라고 부르기 시작했다. 싸워서라도 엄마의 의지를 꺾어 놓겠다는 생각은 어느새 사라지고 없었다.

엄마는 종종 아버지를 위로했다.

"많이 외로웠던 겁니다. 본래 착한 사람들이 그렇죠."

"맞아, 맞아. 내가 말을 안 해서 그렇지, 사실 나는 외로웠네."

아버지는 엄마의 단순한 말에도 감복하곤 했다. 엄마의 위로가 직접적이었고 마음을 어루만졌기 때문이다.

밤바다는 언제나 막막했다. 하늘에 빛이 없다면 한없이 두려운 곳이었다. 아버지는 검푸른 바다에 그물을 내리고 나서 하늘에 뜬 별을 올려다보았다. 그 순간에 문득 교회에 가보고 싶다는 생각이 들었다. 교회에 가서 엄마의 말처럼 믿음을 갖게 된다면 마음이 바뀔 것도 같았다. 사람에게 중요한 것이 마음인 듯했다. 마음이 봄날의 꽃밭처럼 환해지고 가을날의 황금들녘처럼 풍성해진다면 사는 것도 그다지 어렵지 않을 듯했다.

그러나 아버지는 그런 마음을 쉽사리 행동으로 옮기지 못했다. 술을 먹거나 좋지 않은 일이 금요일과 토요일 사이에 어김없이 벌어져서 교회에 가지 못하도록 발목을 붙잡았던 것이었다. 술에 취해서 비틀거리다가 갯둑 아래 뾰족한 돌무더기로 추락한 일이 있었다. 날로 먹었던 생선 때문에 탈이 나서 이틀이나 게워 내고 시름시름 앓은 적도 있었다. 그물에 팔이 감겨서 바다로 휩쓸려 들어갔다가 겨우 살아 나온 일도 있었다. 맨발로 갯벌을 걷다가 유리조각이 발바닥에 박혀서 아찔한 일도 있었다. 그 일들이 묘하게도 금요일과 토요일 사이에 벌어졌다.

마침내 아버지는 엄마와 결혼한 지 오년 만에 처음으로 교회에 나갔다. 첫해는 부활절이나 성탄절 같은 절기에만 힘들게 교회에 가서 맨 뒷자리에 엉거주춤 앉았다가 잽싸게 빠져나오곤 했다. 그러다가 이듬해부터는 일요일에도 몇 번 교회를 찾았다. 그 걸음이 차츰차츰 잦아지더니 어느 순간 교인이 되었다.

그러나 아버지는 교인이 되었다고 해서 마음이 바뀌지는 않았다. 아버지의 마음은 오히려 시퍼런 멍이 들 정도로 아프기만 했다. 그때부터 엄마가 교회와 싸우기 시작했기 때문이다.

교인이 교회와 싸운다는 것은 있을 수 없는 일이었다. 그런 일이 엄마와 교회 사이에서 벌어졌다. 그랬으니 아버지는 그 싸움을 숨죽이고 지켜보면서 고통의 날을 보내야 했다.

4

 엄마가 교회와 싸우기 전에 신기한 사건이 있었다. 열두 살의 나는 그 사건의 목격자였다. 오래된 일이지만 그 사건이 놀랍고도 신기해서 나는 아직도 어제 일처럼 생생하게 기억하고 있다.

 사건이 일어난 곳은 마을에서 바다와 가장 가까운 곳에 자리한 광규 아저씨네 집이었다. 어부였던 아저씨는 다리를 약간 절었는데 질척거리는 갯벌을 다니기에는 불편하지 않다고 했다. 아저씨 말마따나 갯벌에 들어가면 다리가 성한 사람이나 저는 사람이나 차이가 없었다.

 광규 아저씨와 아버지는 아주 절친한 사이였다. 나이는 아버지가 대여섯쯤 위였으나 두 사람은 거의 동갑내기처럼 어울렸다. 그렇게 지낸 까닭은 마을에서 두 사람만이 어부였기 때문이다. 예전에는 농부와 어부의 숫자가 엇비슷해서 반농반어(半農半漁)의 마을이었다. 그런데 해마다 어업을 그만두는 사람이 늘어나더니 마침내 두 사람만 남게 되었다. 바다가 예측불가능한 곳이라서 위험했고 거기서 하는 일도 농사보다 배는 힘들었던 탓이었다. 무엇보다도 당시에 소규모 어업은 판로(販路)가 좋지 않았다. 그런 것들은 한편으로 어부들이 술을 가까이하는 이유이기도 했다.

아버지와 광규 아저씨가 함께 있는 곳에서는 언제나 술병이 나뒹굴었고 입에서는 썩은 고구마 냄새가 났다. 술에 취하면 두 사람은 얌전했다. 아버지는 아무 곳에서나 눈을 감고 잠을 잤고 아저씨는 으슥한 곳에 가서 훌쩍거리곤 했다.

광규 아저씨는 생글생글 웃는 얼굴이었지만 병약한 아들 둘 때문에 눈물이 잦았다. 여섯 살쯤 된 그의 큰아들은 잘 걷지를 못하고 엉금엉금 기었는데 그즈음에 자주 열병에 시달리며 밤새 울었다. 그대로 두면 아들이 죽을 것 같다고 아저씨의 아내가 울상이었다.

엄마는 광규 아저씨의 아내를 '청계댁'이라고 불렀다. 청계댁이 지푸라기라도 붙잡는 심정으로 무당을 불렀다. 신기한 사건은 무당이 와서 벌인 굿판에서 일어났다.

굿판이 벌어진 저녁이었다. 엄마는 장에서 사 온 쇠고기를 신문지에 싸 들고 광규 아저씨네 집으로 향했다. 나는 그때 왜 엄마를 따라나섰는지 기억에 없다. 숙제를 다 해 놓고 빈둥거리다가 엄마를 따라나섰던 것 같다. 마을에서 바닷가로 난 외딴 길에서 나는 몸이 으스스 추워지자 차가운 밤공기가 무섭다는 생각을 했다. 그러나 어둠을 밟는 엄마의 걸음은 힘차기만 했다.

밤하늘은 낮고 음침했으나 달빛이 고왔다. 윤 집사의 기와집 앞을 지났다. 나는 난데없이 화살이 날아오는 듯해서 움찔했고 두려웠다. 윤 집사의 집에서 윤기철이 갑자기 튀어나올까 봐서 겁이 난 것이었다.

윤기철은 윤 집사의 아들이었다. 그는 나보다 나이가 훨씬 많은 단단한 체구의 청년이었다. 그의 특기는 장난질이었다. 집 앞에서 빈둥거리다가 마을의 조무래기들을 만나면 으레 장난을 걸었다. 그럴 때면 그의 몸에 악마가 들어가 있는 듯했다. 나도 몇 번 당했었다. 그가 주먹만 한 돌멩이를 세게 던지면서 피하라고 소리친 적이 있었다. 죽어 가는 쥐를 던져 놓고는 살려 내라고 생떼를 부린 적도 있었다. 그때마다 툭 튀어나오고 벌어진 그의 윗니에서 말을 듣지 않으면 가만두지 않겠다는 위협적인 소리가 새어 나왔다. 그러고 보니 두려운 것은 '때'나 '곳'이 아니라 '사람'이었다. 나는 우연히 마주친 윤기철이 어떻게 나올지 몰라서 두려웠던 적이 한두 번이 아니었다. 속에 시커먼 어둠이 들어가 있는 사람. 그 사람이 바로 악마였다. 그가 하는 짓마다 악의

(惡意)가 느껴졌다. 그것이 날카로운 이빨이나 발톱처럼 드러나서 나를 놀라게 했다.

"엄마는 밤에 혼자 다니면 안 무서운가?"

나는 엄마 옆에 바짝 붙어 걸으며 물었다. 엄마는 밤길을 아주 잘 다녔다. 아버지가 잡아 온 생선을 늦게 장에 갖고 나갔다가 막차를 놓치면 고무대야를 머리에 이고 밤길을 걸어 온 적도 여러 번 있었다. 그 길에서 사람이라도 마주치면 두려울 텐데 엄마는 어떻게 극복하는지 알고 싶었다.

엄마는 대답하지 않고서 빙긋 웃더니 엉뚱한 질문을 했다.

"하나님이 아담을 만들었을 때가 언제였을까? 시간 말이다. 시간이 낮이었을까 아니면 밤이었을까? 모르지, 새벽이었을지도."

엄마의 물음은 최초의 사람이 태어난 시각을 묻는 것이었다. 그러니까 하나님이 아담을 만든 시각이 언제냐는 것이었다.

나는 잠시 생각하다가 그것은 성경에 없는 것이므로 '모른다'가 정답이라고 말했다. 성경에는 하나님이 흙으로 사람을 만들었다는 말뿐이었다.

엄마는 뭔가 안다는 듯 방긋 웃더니 환한 얼굴로 입을 열었다.

"내 생각에는 새벽이었을 거 같다. 아마도 대낮은 아니었을 거야. 아담이 다 만들어져서 눈을 떴는데 벌건 대낮이었다면 문제가 생겼을 거 같단 말이다. 조금 지나면 밤이 되었을 것이니까. 생각해 봐라, 태어나서 처음으로 밤을 만나서 얼마나 무서웠겠냐. 밤이라는 시간을 전혀 몰랐으니까. 물론 에덴동산에는 두려움이란 게 없었겠지만 말이다. 그러니까 낮에는 태어나지 않았을 거다. 그렇다고 밤도 아닐 것이다. 밤에 태어났다면, 낮이 온다는 것을 모르니까 밤새 무서워서 떨고만 있었을 거 아니겠냐. 그래서 말인데……. 아무리 생각해도 새벽이었을 거 같단 말이야. 그럴 거야. 아담은 새벽에 태어나서 어둠을 알았고 금세 밝아지고 있는 아침을 보았을 거다. 그러니까 겁이 날 리가 없었지. 그리고 낮을 보내다가 다시 밤이 되니까, 피곤도 하고 슬슬 잠이 와서 시간이란 것이 그런가 보다 하고 잠들고 말았을 거 같단 말이다."

엄마의 말은 그럴듯했다. 그 말의 핵심은 두려움이었다. 사람을 두려움에 떨게 만들었다면 그것은 하나님의 실수라고 나는 생각했다.

"하나님에게는 실수란 없지."

엄마가 속삭이듯 말하더니 웃었다. 그 웃음에는 하나님은 사람이 두려움을 이길 수 있도록 만들었다는 말이 담겨 있었다.

나는 달빛이 비추는 엄마의 얼굴을 가만히 올려다보며 걸었다. 그러자 용기라는 것이 내 가슴속에서 별처럼 반짝거리고 있는 듯했다.

둥둥, 당당당……. 광규 아저씨네 집에서 명쾌한 북소리가 흘러나왔다.

엄마와 내가 마당으로 들어서려는 순간이었다. 마당 안에서 슬며시 빠져나온 검은 그림자가 우리를 발견하더니 얼른 담장 아래로 숨었다. 족제비처럼 워낙 빠르게 숨긴 했으나 나는 보았다. 달빛에 비치는 긴 목덜미와 흰 머리카락으로 봐서 그 사람은 윤 집사였다.

"못 본 척해라."

엄마도 보았는지 내 손목을 잡아끌며 작게 속삭였다.

나는 윤 집사가 멀리 가지 않고 있는 것을 곁눈질로 확인했다. 그는 체격이 큰 사람이라서 멀리서도 눈에 잘 띄었다. 게다가 나에게 그는 퍽 낯익은 사람이었다. 그는 일요일이면 교회의 문지기나 다름없었다. 교회에 드나들 때면 그의 얼굴부터 봐야 했다. 그래서 나는 눈을 감고도 그 얼굴을 그려 낼 수 있었다. 그나저나 윤 집사가 왜 광규 아저씨네 집 앞에서 어슬렁거리는지 궁금했다.

그런데 굿판이 벌어진 마당에 들어서자 궁금증이 사라져 버렸다. 마당에 서 있는 구경꾼들 사이로 보인 무당의 얼굴이 너무나 무서웠기 때문이다. 그것은 큰 두려움이 작은 두려움을 덮은 것이었다. 그렇다고 작은 두려움이 사라진 것은 아니었다.

무당은 울긋불긋한 옷을 입고 종이꽃이 달린 흰 고깔을 쓰고 있었다. 짙은 화장으로 눈썹과 입술이 선명해 보였으나 한눈에도 꽤 나이 든 여자였다. 흰 버선발로 멍석 위에서 한참이나 제자리 뛰기를 했는지 숨이 턱에 닿아 있었다. 한쪽에 앉아 북을 치고 있는 두루마기 차림의 늙은 남자는 무당과 한패인 듯했다.

마당의 분위기에 적응이 되었는지 두려움이 조금 사라졌다. 그래서 나는 엄마의 어깨 사이로 무당을 다시 보았다. 그 순간에 무당이 나를 쏘아보았다. 얼핏 본 무당의 눈은 내가 싫어하는 뱀눈이었다. 그 눈과 마주치지 않으려고 나는 잽싸게 눈을 내리깔았다. 그러다가 무당의 발밑에 흩어진 좁쌀과 붉은 팥이 무당이 흘려 놓은 눈알 같아서 흠칫 놀라고 말았다.

나는 슬며시 뒷걸음질을 쳤다. 그러면서도 무당이 한쪽으로 가서 술병을 들고 마실 때 그 얼굴을 찬찬히 뜯어보았다. 무당의 눈이 여전히 매서워서 섬뜩했다. 무당은 못 알아들을 소리를 중얼거리더니 술 한 모금을 입에 담았다가 뿜어내고서 다시 장단에 몸을 맡겼다.

밤이 깊어 가고 있었다. 갈수록 어딘지 모르게 무당의 춤과 노인의 장단이 불안했다. 구경꾼들도 굿이 이상하다는 눈빛을 나누기 시작했다. 그때였다. 무당이 마당을 빙 둘러보다가 엄마를 발견하더니 갑자기 얼어붙은 듯 움직이지 못했고 표정이 싸늘하게 변해 버렸다. 잠깐 사이에 뭔가 심상치 않은 분위기가 흐르는 듯했다. 무당이 어지러운 듯 이마에 손을 얹고 우물우물하다가 뒷걸음을 치더니 그만 나자빠져 버렸다.

쓰러진 무당이 겨우 손을 들었다. 그 손으로 엄마를 가리키면서 신음 같은 소리를 뱉어 냈다.

"저, 저 쪽에……."

무당의 손가락은 엄마를 가리키고 있었다. 그러나 말이 목구멍에 걸려서 나오지 못했기에 누구도 무슨 말인지 알아듣지 못했다.

엄마는 아무렇지도 않다는 듯 가만히 서 있기만 했다. 그러자 무당이 붉은 입술 사이로 방게처럼 거품을 품어 냈다. 장단을 맞추던 남자가 벌떡 일어나서 무당에게 뛰어갔다. 무당은 잔뜩 겁먹은 표정으로 고개를 절레절레 흔들었다. 그러면서도 불같은 눈동자는 엄마를 쏘아보고 있었다.

"저년이 날 죽이려고 왔네. 저, 저 예수쟁이 년. 누가 저년을 쫓아 버려. 어서!"

거품으로 지저분해진 무당의 입에서 험한 말이 튀어나왔다. 엄마는 아무 짓도 안 했는데 무당이 엄마에게 삿대질을 해 대며 한참이나 요란을 떨었다.

구경꾼들은 뭔 일이 일어난 모양이라고 눈치를 주면서 조심스럽게 지켜보기만 했다. 더러는 무당이 주저앉아서 요상한 굿을 벌인다고 생각하는 표정들도 있었다.

그때 무당을 집으로 불러들였던 청계댁이 잰걸음으로 무당에게 다가갔다. 작고 똥똥한 청계댁은 무당 곁에서 몸을 바짝 낮추며 무당을 요리조리 살폈다. 그러다가 입에 흐르는 거품을 발견하고 휙 돌아서더니 총총 걸어서 엄마 곁으로 다가왔다.

"정말로 예수님이랑 천당이 있긴 있는 모양인갑네."

청계댁이 놀란 표정으로 소곤거렸다. 그 말에는 엄마가 예수님을 믿는다는 것을 무당이 어떻게 알았는지 놀랍다는 뜻이 담겨 있었다. 한편으로 엄마가 믿는 예수님이 무당이 섬긴다는 귀신보다 훨씬 강하고 위대하다는 것을 단번에 확인했다는 뜻이기도 했다.

엄마는 갑자기 당한 일에 당혹스러움을 감추지 못했다가 차츰 담담한 얼굴이 되었다. 그리고 눈동자가 그 어느 때보다도 밝게 빛났다.

"빨리 내쳐 버려!"

무당이 눈을 부라리며 엄마를 끌어내라고 몇 번 더 소리쳤다. 그러나 누구도 그 말을 들어주지 않았다.

마침내 무당이 훌쩍거리며 우는 시늉에다 애걸하는 자세로 돌아섰다. 그러고는 엄마에게 제발 마당 밖으로 나가 달라고 점잖게 말했다.

"예수 믿는 사람이 여기 있으니까 내가 아무것도 못하겠단 말이요."

"……."

엄마는 입을 다물고 무당을 노려보기만 했다.

무당은 끄덕도 않는 엄마에게 등을 돌리더니 광규 아저씨에게 매달렸다. 그런데 아저씨는 무당의 하소연에서 재빨리 뭔가를 깨달았다는 듯 환한 얼굴로 껄껄 웃었다.

"나도 예수 믿어야겠네."

광규 아저씨의 말에 무당의 붉은 얼굴이 차가운 달빛으로 바뀌었다. 그리고 뭐에 짓눌렸는지 일그러졌다. 그 얼굴을 사람들에게 보이기 싫었는지 무당은 고개를 살짝 돌렸다가 돌아앉았다.

"이러다간 내가 죽어. 더는 못하겠네."

한참 만에 무당이 고개를 들고 일어나면서 광규 아저씨에게 귓속말을 했다. 그러면서 엄마가 꼼짝도 않고 제자리에 서 있는 것을 힐끗 보더니 주섬주섬 무구(巫具)들을 챙기기 시작했다. 무당은 걸어 갈 힘이 조금이라도 있을 때에 서둘러서 마당 밖으로 나가고 싶은지 허둥댔다.

구경꾼들이 웅성거리는 틈에 광규 아저씨는 엄마한테 다가와서 다짜고짜 물었다.

"형수, 예수 믿으면 다 죽게 된 내 아들이 살아날 것 같소?"

"……."

엄마는 대답을 않고 광규 아저씨를 보며 미소만 지었다. 막 피어난 꽃 같은 것이 그 미소에 겹쳐 보였다. 나만 본 것이 아니라 광규 아저씨도 본 듯했다. 피처럼 붉은 꽃이어서 나는 섬뜩했다. 그런데 아저씨는 사람을 살리려면 그 정도는 돼야 한다고 생각했는지 웃는 얼굴이었다.

광규 아저씨가 아픈 아들을 데리고 당장 교회에 가자고 엄마에게 졸랐다. 청계댁이 아저씨를 말리지 않았다면 그 밤에 엄마는 아픈 아이를 붙들고 밤새도록 기도를 했을 것이다.

무당이 떠난 마당에는 교회와 예수님에 관한 말이 오고갔다. 누군가가 병원에서도 못 고치는 병이라면 교회에 가봐야 한다고 말했다. 누군가는 예수님은 사람이 아니라 신이며 실제로 있다고 말했다. 엄마가 예수님을 잘 믿는 사람이라는 칭찬의 소리도 들렸다. 그 소리를 시작으로 엄마에게 이야기의 초점이 맞춰졌다.

청계댁이 엄마에게 다가와서 뭔가 미심쩍다는 표정으로 입을 열었다.

"거참, 이상하네요. 아까 윤 집사님이 왔다 갔을 때는 아무 일도 없었잖아요. 그런데 왜 조 집사님이 오니까 굿판이 깨졌는지 모르겠네. 윤 집사나 조 집사, 두 사람은 같은 교회 다니고, 같은 예수 믿는 거 아니요? 그리고 윤 집사는 보통 집사들보다는 더 위에 있는 안수집사라던데……."

엄마는 청계댁이 무심코 던진 말이 소문이 되고 화근이 될 줄은 몰랐다.

이튿날부터 마을에 소문이 돌았다. 그 말은 귀신이 예수님을 잘 믿는 사람을 대번에 알아본다는 단순한 사실로 시작되었다. 그런데 소문이 씩씩거리며 쏘다니더니 예수님을 믿으려면 제대로 믿어야 한다는 말로 바뀌었다. 그 소문은 점차 몸집이 커지더니 제대로 믿는 사람과 그렇지 않는 사람이 누군지 구체적으로 이름까지 들먹이기 시작했다. 바로 그것이 화근이 되었다.

엄마는 소문이 들불처럼 번져 나가는 것을 걱정했다. 그리고 불길한 사태가 벌어질 것을 예감했다. 두 사람을 비교하는 말이어서 어느 한쪽이 곤란해질 수 있는 소문이 분명했다. 이를테면 엄마는 무당을 쓰러뜨린 대단한 사람이었고 예수님을 아주 잘 믿는 사람이었다. 반면에 윤 집사는 무당이 못 알아보았으니까 예수님을 덜 믿는 사람이었다. 그 소문이 윤 집사의 귀에도 들어갈 것을 예상한 엄마는 마음이 조마조마했다.

윤 집사도 새벽마다 교회에서 예배를 하고 기도를 한 시간씩이나 하는 사람이었다. 그런 그를 두고 사람들이 신앙생활을 잘못하고 있다고 비웃었다. 그 소리에 그는 비참했고 분노가 부글부글 끓었을 것이다. 끓는 것은 터지기 마련이다. 엄마는 분노가 폭발하는 사태를 걱정했다.

윤 집사는 마을에 교회를 세울 때 청년이었다. 그때 그는 앞장서서 교회 건축에 매달렸고 또 열심히 예배에 참석하는 청년이었다. 그래서 마을 사람 누구라도 예수 믿는 사람 하면 단박에 떠올리는 신자가 윤 집사였다. 그는 교회에서 온갖 궂은일을 도맡아 했기에 가장 믿음직한 성도이기도 했다. 그런 윤 집사는 그 신기한 사건이 있었던 이듬해에 장로가 되었다. 장로라 함은 교회 운영뿐만 아니라 신자들의 치리(治理)에 관한 거의 모든 일을 처리하는 막중한 권한을 갖고 있는 직책이었다.

장로가 된 후에 윤 집사는 교회의 이름으로 엄마와 싸우기 시작했다. 그 신기한 사건으로 광규 아저씨네 가족이 모두 교회에 다니기 시작했으며 굿 구경을 왔던 몇 사람이 새 신자가 되었으니 싸울 일이 아니었다. 그런데도 싸움이 거칠어졌다. 아마도 윤 장로가 품고 있었던 분노가 매우 크고 깊었던 것이 분명했다.

엄마는 새벽마다 교회에 갔다. 폭우나 폭설도 엄마의 새벽길을 막지 못했다. 새벽예배는 간단했다. 찬송을 부르고 나서 성경을 읽고 짧은 설교를 듣는 것이 순서였다. 그러나 기도 시간은 상당히 길었다. 엄마는 거의 한 시간 반을 구석자리에 무릎 꿇고 앉아서 기도했다. 아침밥을 차리지 않는다면 두 시간도 거뜬히 기도할 수 있었다. 아버지가 밤에 잡아 온 생선을 팔러 장에 가지 않는다면 세 시간도 할 수 있었다. 엄마에게 기도의 양(量)은 아주 중요했다. 기도를 양껏 하지 못했다면 어딘지 모르게 불안한 표정을 보이곤 했다. 그런 엄마가 언제부턴가 새벽예배를 마치고 집으로 돌아오는 시간이 빨라졌다. 새벽예배의 순서가 끝나면 기도는 집에 돌아와서 부엌에서 하는 것이었다. 그것이 엄마가 싸우지 않고 한걸음 물러선 것이란 것을 그때 나는 몰랐다.

교회에서 방언으로 기도하는 사람은 엄마뿐이었다. 그 소리가 시끄럽다고 윤 장로는 자주 꾸짖듯 말하곤 했다. 시끄러워서 다른 사람이 기도를 못한다기에 엄마는 몇 년간 작게 읊조리는 음성으로 기도를 했다. 그러나 그것은 쉽지 않았다. 방언기도는 나뭇잎에 떨어지는 빗방울 소리처럼 명랑하게 시작했다가 차츰 콸콸 쏟아지는 계곡 물소리로 바

뛰었기 때문이다. 그러면 엄마는 크게 외치듯 소리 내지 않을 수가 없었다. 엄마는 기도를 작은 소리로 속삭이듯 한다는 것이 무척 힘들어서 어쩔 수 없이 소리를 내고 말았다. 혀끝에서 나오는 소리가 때로는 폭풍우 소리처럼 때로는 나팔 소리처럼 메아리치기 일쑤였다. 그것은 사람의 의지로 조절할 수 있는 것이 아니었다.

윤 장로는 기도를 못하겠다고 인상을 찌푸리고 교회를 나간 적이 많았다. 그럴 만도 했다. 매미 한 마리가 세차게 울어 대면 옆에 있는 사람은 귀가 먹먹해질 수밖에 없었다. 그는 기도란 조용히 하나님과 대화하는 것이라고 타이르듯 말했다.

"침묵으로, 묵상으로 해도 하나님이 들어주신단 말이요. 방언은 하지 말란 말이요."

엄마는 그 말에 수긍하지도 침묵하지도 않았다.

"「고린도전서」에는 방언 말하기를 금하지 말라고 나와 있는데 왜 그러신지 모르겠네요."

엄마는 성경을 근거로 내세웠다. 그것은 바울 사도가 쓴 편지의 한 구절이었다. 엄마가 보기에 방언기도는 대단한 은사(恩賜)가 아니며 누구나 쉽게 할 수 있는 것이었다. 그리고 방언으로 기도하면 시간 가는 줄 모르고 오랫동안 할 수 있어서 좋다고도 했다.

"말씀대로라면 골방에서 기도해야지.「마태복음」에서 주님께서 말씀하셨잖아요. 은밀하게, 될 수 있으면 골방에 들어가서, 아주 은밀하게 기도하라고 신신당부를 했단 말이요."

윤 장로도 성경으로 반박했다. 그는 엄마의 표정을 슬쩍 보더니 목청을 돋워 말을 계속했다.

"방금 말한「고린도전서」말씀이야 나도 잘 알지. 그 말씀 앞인가 뒤를 못 봤나 본데, 거기에 보면 여자는 교회에서 잠잠히 있으라는 말씀이 있을 것이요. 여자가 교회에서 말하는 것은 부끄러운 것이라고도 했단 말이요."

엄마는 대꾸하지 않고 고개를 숙였다. 그러면서 기도의 장소는 중요하지 않다고 생각했다. 실은 그 어느 곳보다도 교회가 좋긴 했으나 엄마는 어디라도 상관없었다. 집에서나 장터에서나 어느 곳에서든지 기도할 수 있었다. 중요한 것은 시간이었다. 그중에서도 새벽은 하루 중에 가장 중요한 시간이었다.

나의 새벽은 잠투정을 하거나 하릴없이 꾸물거리는 시간이었다. 그런데 엄마가 부엌에서 새벽기도를 하면서부터는 달라졌다. 엄마는 낙지 먹통처럼 어두운 아궁이 앞에다 짚방석을 놓고 앉아서 기도를 했다. 거대한 괴물에 맞서 싸우기라도 하는지 으르렁거리는 소리가 흙벽을 뚫고 들렸다. 그러면 나는 일어나서 성경을 한 장 읽은 후에 학교 도서실에서 빌려 온 책을 읽었다. 엄마의 기도하는 소리가 집념으로 해야 하는 일은 새벽에 하는 것이라고 나를 일깨웠다.

엄마의 기도는 무척 길었다. 그러나 밥상은 금방 차려졌다. 기도 소리가 그치고 얼마 지나지 않아 따뜻한 밥상이 안방으로 들어왔다. 엄마가 기도하는 사이에 우렁이 각시가 다녀간 것은 아닌지 내가 의심할 정도였다. 사실은 엄마의 손이 빠르긴 빨랐다.

밥을 먹을 때 엄마는 새벽에 했던 기도에 대해서 말하곤 했다. 기도를 하다가 혹은 기도를 한 후에 솟아난 생각들을 말한 것이었다. 그 생각은 하나님이 준 것이므로 엄마는 하나님의 음성이라고 했다.

"오늘 하나님이 나한테 이런 말씀을 하시더라. 정말로 사랑을 다하는 사람이 되라고 말이다. 어떤 사람은 재주가 많고, 어떤 사람은 꿈이 참 크다. 그런데 하나님은 그런 재주나 꿈에는 관심이 없단다. 사람이 사랑을 하고 살고 있는지 아니면 사랑하지 않고 살고 있는지, 바로 그게 가장 큰 관심이라고 하더구나."

엄마는 하나님이 직접 하신 말씀을 들은 후에 우리에게 다시 들려준다는 듯이 말했다. 그러니까 하나님이 말했고 엄마는 전달자인 셈이었다. 엄마의 말을 듣다 보면 고개가 절로 끄덕여졌다. 그 말이 열정적인 기도에서 나온 것이었으니 감동스럽기도 했다. 그러나 그것도 문제의 화살이 되고 말았다.

엄마가 성경과 다르게 이상한 신앙을 한다고 소문이 돌기 시작했다. 엄마가 하나님의 음성을 듣는다는 것이 문제였다. 하나님의 음성을 듣고 산다는 것은 구약시대에나 가능했던 일이고 신약시대에 와서는 있을 수 없는 일이었다. 아마도 엄마가 무당과 비슷한 사람이라서 이상한 신앙을 한다고 속닥거리는 소리가 들렸다. 그것은 소문이 되어 교회 밖으로까지 흘러 다녔다.

소문은 몇 년간 계속되었지만 엄마는 모른 척 무던히 교회에 다녔다. 나는 엄마를 두둔했다. 하나님의 음성을 듣는다는 말은 언어적 표현일 뿐이었다. 그 의미를 생각해 보면 아무런 문제가 없었고 이상하지도 않았다. 그러나 교인들은 사실도 모르면서 거의가 엄마를 피해 다녔다.

엄마의 믿음을 인정해 주는 사람은 아버지와 광규 아저씨뿐이었다. 두 사람은 한동안 열심히 교회를 출입하다가 점점 뜸해졌다. 일요일이면 교회에 가려던 발걸음을 돌려 술을 사 들고 바닷가로 향하곤 했다. 그리고 술을 마시면 어쩌다가 예수님을 믿게 되었는지 모르겠다며 후회를 했다. 이어서 신세 한탄도 늘어놓았다.

"믿어도 바뀐 게 하나도 없더라."

아버지가 괴로운 얼굴로 탄식하듯 말했다.

광규 아저씨가 코를 한번 훌쩍이며 한탄을 이어 갔다.

"믿어도 죽을 사람은 죽고, 살 사람은 살더라고요. 믿어 봤자 그것이 그거라는 거요."

광규 아저씨는 더 거칠게 말할 수도 있으나 참겠다는 표정이었다. 학교도 들어가지 못하고 죽은 그의 큰아들이 누구를 탓하고 무엇을 원망해도 살아올 리 없었기 때문이다.

"우린 살아 있으니 산 사람답게 살아 봅시다."

광규 아저씨가 입만 열면 산다(生)는 말을 하는 것은 죽은 아들을 잊지 못한다는 것이었다. 아저씨는 아들이 죽기 전에는 믿음대로 된다는 믿음을 갖고서 술을 끊었다. 기도도 아주 열심히 했다. 그러나 아들은 죽고 말았다.

"다 소용없소. 예수님은 딴 세상에서 왔소. 딴 세상에서 잠깐 와서는 이 세상을 어떻게 하겠다는 말이요? 어림없소. 이 세상은 우리끼리 알아서 사는 거요."

광규 아저씨는 세상에서 살다가 가는 것이 인생의 전부라면서 아버지와 둘이서 잘 지내자고 술잔을 부딪쳤다.

내가 아는 아버지와 광규 아저씨는 취해도 점잖았다. 그러나 교회와 멀어지면서부터는 경박해진 듯했다. 취하면 고래고래 소리를 지르기도 했고 찬송가를 흥얼거리며 바닷가와 들길을 쏘다니기도 했다.

두 사람을 윤 장로가 은밀하게 지켜보고 있었다. 그런 윤 장로를 나는 우연히 봤다.

"저런 것들이 교회 망신 다 시키네. 아무나 예수 믿는 줄 아나 본데……."

윤 장로가 길바닥에다 침을 퉤 뱉으며 말했다.

"천국은 쓰레기가 없지."

윤 장로가 두 사람을 향해 손가락질을 하더니 돌아섰다. 인상을 잔뜩 찌푸린 그의 입에서 열기가 흘러나왔다.

우연히 본 광경이었다. 그 광경이 수십 년이 지난 지금도 선명한 기억으로 남아 있는 이유를 잘 모르겠다. 나는 아버지의 심부름으로 길을 가다가 분명하게 들었다. 망신이라면 지위나 명예, 체면 따위를 떨어뜨렸다는 말이었다. 그것은 교회가 위신(威信)이 서야 한다는 말로 들리면서 가슴에서 반감이 솟구쳐 올라왔다. 내가 새벽마다 조금씩 읽고 있었던 복음서의 등장인물들은 권위적이지 않았다. 목수와 어부와 세리와 창기와 가난하고 병든 자들은 권위란 것을 몰랐다. 뿐만 아니라 주인공이었던 예수님도 지극히 낮은 사람이었다. 그래서 나는 교회는 낮은 자들의 안식처이고 천국은 이 땅에서 낮은 자로 지냈던 자들을 위해서 마련된 높은 곳이라고 믿었다. 윤 장로가 그렇지 않다고 외치지 않았다면 그 믿음은 참 오래갔을 것이다. 그러나 저주에 가까운 그 험담이 나의 어린 믿음을 추락시켰다.

　나는 교회에 가기가 싫어졌다. 성경도 다 믿을 수 없다고 생각했다. 그렇게 부정의 싹이 움트면서 복음을 의심하기 시작했다. 나를 구원하려고 예수님이 이 세상에 왔다는 것. 그분을 믿으면 내가 구원을 받는다는 것. 그것은 분명 기쁘고 좋은 소식이지만 삶에 꼭 필요한 것은 아닌 듯했다. 거기에 관심을 두고 살든 무관심하든 인간으로 사는 것은 크게 달라지지 않을 것이었다.

　나는 길가의 돌멩이를 보면 툭 차는 버릇이 생겼다. 그것은 괜한 심술이었고 반항의 몸짓이기도 했다. 반항의 대상은 엄마였다. 나는 어렸지만 옳은 것과 그른 것을 구분할 수 있었다. 뿐만 아니라 기쁘고 좋은 것과 슬프고 나쁜 것을 확실히 알고 있었다. 나도 아는 것을 모르고 사는 엄마가 싫었다.

　"복음이 무엇인지 잘 모르고 있구나. 이제부터는 성경을 꼼꼼히 읽어 봐라. 깨닫게 해 달라고 기도도 하면서 말이다."

　엄마는 나와 몇 마디 대화를 나눈 후에 나의 신앙을 진단했다. 그리고 처방을 내렸다.

　나는 평범하고 익숙한 처방이라서 고개만 끄떡거렸다. 시킨 대로 할 마음은 없었다. 그렇게 속에서 돋아난 반항의 기운이 서서히 나를 침울하게 했고 어둡게도 했다. 무엇을 생각해도 기분이 나빴고 무엇을 바라봐도 금방 어두워졌다.

너무도 교회에 가기 싫은 어느 일요일에 나는 알았다. 밤길에서 마주쳤던 어둠, 아궁이 깊이 들어가 있는 어둠이 내 마음속 깊은 곳에 들어와 있다는 것을. 그리고 나는 아주 많은 날을 그 어둠과 동행하리라는 것을. 문제는 그 어둠이 나를 우울하게 한다는 것이었다.

5

 해거름에 술 취했던 아버지가 휘청걸음으로 걷다가 시궁창에 빠진 일이 있었다. 늘 푸르뎅뎅한 수챗물이 고여 있는 신작로가의 시궁창이었다. 여름은 기울었지만 저녁 어스름에도 목덜미와 팔뚝에는 엿물 같은 땀이 흘러 끈적끈적한 날이었다. 취한 아버지는 시궁창을 갯벌로 알고 질척질척 걸었다. 그리고서 물 만난 물고기마냥 히죽히죽 웃으면서 웃통을 벗어던지고 헤엄을 쳤다.
 아버지는 그날부터 시름시름 앓았다. 바깥출입을 하지 않은 아버지를 두고 괴상한 소문이 떠돌았다. 처음에는 그저 아버지를 비웃는 우스갯소리에 불과한 소문이었다. 그러나 곧 수숫대처럼 쑥쑥 자라나기 시작했다. 아버지가 시궁창 물을 한 바가지나 마신 탓에 머잖아 죽는다는 소문도 돌았다. 소문은 초저녁 어스름이면 몰려다니는 각다귀 떼가 되어 우리 식구를 괴롭혔다. 나는 모기에게 피를 실컷 빨려 버린 기분이었다.

아버지가 앓은 지 사흘째 되던 날이었다. 나는 늦은 밤에 아버지와 엄마가 주고받는 말을 엿들었다. 그리고 아버지가 실수로 시궁창에 빠진 것이 아니란 것을 알게 되었다. 취해서 걷는 아버지를 누군가가 등 뒤에서 밀어 버린 후에 황급히 사라졌다. 엄마는 아버지를 밀어뜨린 사람이 윤 장로라고 했다. 그 장면을 엄마가 멀찍이서 목격했으므로 틀림없었다. 내 생각에도 그럴 것 같았다. 윤 장로는 아버지와 광규 아저씨를 보며 이죽거린 적이 한두 번이 아니었다.

나는 엄마가 분노하지 않는 것이 이상했다. 엄마는 윤 장로가 아버지를 궁지에 빠뜨리는 것을 목격했으면서도 분노하지 않았다. 오히려 아버지의 잘못을 탓하고 나왔다.

"미움받을 짓은 그만합시다. 왜 그렇게 미워하겠어요?"

"알고 있네. 교회를 다니지만 교인 같지도 않으니까 미워 죽겠지. 그런데 나는 하나 궁금한 게 있어. 나도 누가 내 등을 밀었을 때 윤 장로란 걸 알았소. 당장 쫓아가서 그놈의 손모가지를 꺾어 버리고 싶었단 말이오. 그런데……."

아버지가 잠시 침묵하다가 말을 이었다. 아버지는 윤 장로가 뒤에서 거칠게 소리쳤던 말이 귀에서 떠나지 않는다고 했다. 잠시 우물거렸다가 그 말을 또렷하게 내뱉었다.

"마귀 새끼야, 뒈져 버려라!"

아버지는 그 소리가 심장을 쳤다고 했다. 그래서 아직도 심장이 아프다고 말했다.

"좋아. 나는 그렇다고 쳐도 당신은 잘 믿는 거 모르는 사람이 없잖은가. 그렇게 잘 믿는데도 왜 미움받고 사는 건가?"

"……."

나는 엄마의 대답을 들으려고 귀를 세웠다. 엄마가 교회에서 미운 오리 새끼 취급을 당하는 것은 사실이었다. 그 까닭을 엄마가 뭐라고 말할지 궁금해서 기다렸는데 엄마의 침묵은 길었다.

그사이에 나는 생각했다. 술 취한 아버지나 광규 아저씨는 윤 장로한테는 마귀였다. 언젠가 윤 장로가 광규 아저씨의 따귀를 치면서 마귀 새끼라고 소리치고서 씨근덕거리는 것을 본 적이 있었다. 그러나 술을 마시면 그 누구에게도 해를 끼치지 않고 조용히 마루에 누워 잠에 빠지는 아버지, 술 취해 바닷가 기슭에서 망연히 시간을 보내는 아저씨가 왜 마귀란 말인가. 내 생각에 마귀라면 못된 짓을 은밀하게 혹은 모르게 하는 자였다.

엄마가 침묵 끝에 입을 열었는데 내가 듣고자 했던 대답이 아니었다. 뜬금없는 소리는 예언이었다.

"당신은 지금 아프지만 일어서면 능력을 얻게 될 것이오.

그전하고는 완전히 달라질 거 같단 말이요. 눈도 새로워지고 귀도 새로워질 거요. 그래서 지금 이 고통이 새사람이 되는, 거듭나게 되는 과정으로 생각하면 좋겠네요. 앞으로는 누가 뭐라 해도, 뭘 가지고 유혹해도 당신은 넘어지지 않을 거요. 이번에 쓰러진 것이 오히려 당신에게는 좋은 것이 될 것 같소. 그런 것을 뭐라고 하던데……. 아무튼 분명하게도 흔들리지 않게 될 것이고 강해질 것이요. 뿐만 아니라 앞으로 당신은 능력을 갖고서……. 아, 그런데 능력으로 산다는 것은 말이요, 세상 무엇과 싸워도 이기고도 남는다는 것이요."

나는 엄마의 말을 알아듣지 못했다. 그런데 놀랍게도 아버지는 알겠다는 표정이었다. 감격하는 표정이 벽 너머로 훤히 보이는 듯했다.

문틈으로 들어오는 새벽 공기가 서늘했다. 아버지의 목소리도 차분했다.

"그렇다면 윤 장로는 어떻게 되겠는가? 나는 실은 그 사람이 두렵단 말이요. 그 사람하고 마주치면 뭐랄까, 고양이 앞에 생쥐 꼴이라고나 할까. 아무튼 정말 두렵소."

"악한 영에 끌려다니고 있는 것은 사실이오."

엄마가 망설임도 없이 즉각 대답했다. 악한 영(靈)이라면 귀신이었다. 나는 귀신이라는 무서운 존재를 실체적 형상으로 떠올려 보려고 애쓰면서 귀를 기울였다.

"악한 영은 살인이나 강도 같은 범죄를 저지르게 하죠. 그것을 끊는 것이 믿는 사람한테는 참 쉬운 일인데……."

"살인과 강도라면……. 설마 그 정도까지는 아니겠지."

"악한 것이 하고자 하는 일이 그것인데요. 얼마든지 하고도 남을 겁니다."

엄마가 말을 하다 말고 놀란 표정으로 입을 다물었다. 잘못하면 방금 했던 말이 이상한 소문이 되어 퍼질 수도 있다는 생각이 퍼뜩 든 것이 분명했다.

볼 수 없는 것을 보고, 들을 수 없는 것을 듣는 것은 엄마의 능력이었다. 그런 능력은 기도를 많이 하고 믿음이 깊어지면 생기는 것이라고 나는 생각했다. 그 깊이와 양이 어느 정도인지는 모르지만.

엄마의 능력을 인정하는 사람들이 토요일 밤이면 우리 집에 모였다. 광규 아저씨네 식구들과 이웃집 노인 몇 명이었다. 엄마는 일찌감치 장을 파하고 돌아와서는 서둘러 음식을 장만했다. 그리고 다 함께 어울려서 저녁을 먹었다. 방에서는 재미있는 이야기가 오갔다. 그 이야기는 웃음소리가 되어 담장을 넘었다.

엄마가 토요일마다 그렇게 애쓴 까닭은 일요일을 잘 보내기 위해서였다. 아버지와 광규 아저씨는 토요일 저녁에 술을 마시지 않으면 다음 날에 교회를 갔다. 노인들도 내일이 교회에 가는 날이라는 것을 일러 주면 딴 데로 새지 않았다. 그렇지만 그런 모임도 문제가 될 줄은 몰랐다.

많은 눈이 내렸던 토요일 밤이었다. 팔뚝만 한 숭어를 세 마리나 넣고 팔팔 끓인 국에다 밥 한 그릇씩을 비우고 났을 때였다. 누군가 마당으로 성큼성큼 들어와서 헛기침을 했다. 밀물처럼 철썩이며 들이닥치는 소리였다.

나는 얼른 일어나서 문을 열었다가 마당에 서서 안방을 노려보고 있는 사람을 발견하고 깜짝 놀랐다. 마치 범죄자를 잡으러 온 형사처럼 윤 장로가 씩씩거리고 있었기 때문이다.

"이상한 소문이 들리더니 사실이었구먼."

열린 문의 안쪽을 쏘아본 윤 장로가 침을 뱉듯 말하더니 뒤돌아섰다. 그러고는 더 볼 것도 없다는 듯 찬바람 소리를 내며 마당을 나가 버렸다.

나는 윤 장로가 우리 집에 사람들이 모였다는 것을 문제 삼아서 뭔가 좋지 않은 일을 벌일 것이라고 짐작했다. 짐작은 틀리지 않았다.

이튿날에 우리는 교회 안으로 들어갈 수 없었다. 그때는 나도 주일학교를 졸업하고 아버지 옆에 앉아서 예배에 참석했다.

"조 집사가 목사가 아니요? 자기들끼리 예배하지 뭣 하러 교회를 오나?"

윤 장로가 교회 출입문 앞에 서서 엄마를 가로막더니 비아냥거렸다.

우리는 교회에 들어갈 수 없는 이유를 즉시 깨달았다. 윤 장로는 우리 집에서의 모임을 우리들만의 예배로 간주하는 것이었다. 뭐라고 변명을 해도 통할 것 같지가 않았다. 모임에서 엄마가 성경과 예수님에 대하여 이야기하곤 했지만 그것이 교회에서 하는 설교나 가르침은 아니었다. 그저 웃고 즐기는 담소였을 뿐이었다.

교회 안에서는 예배가 임박했음을 알리는 준비찬송이 흘러나오고 있었다. 아버지와 나는 어찌할지 몰라서 엄마만 쳐다보았다. 그런데 엄마는 입을 꼭 다물고 안에서 나오는 찬송가 소리를 듣고 있었다. '불길 같은 성신여' 하는 찬송가였다. 그 찬송의 후렴은 '불로 충만하게 하소서'였다.

엄마가 깨물었던 입술을 풀더니 윤 장로 앞으로 한 걸음 나섰다.

"나는 사람들을 주님께 인도하려고 불을 피웠을 뿐입니다. 그 불이 빛이 되고 생명이 될 것이라 믿었단 말이요. 문제가 될 수 없는……."

엄마가 찬송가 가사와 어울리는 말을 했다. 그러나 윤 장로가 말을 자르고 나서는 바람에 다하지 못했다.

나는 엄마의 입을 바라보며 놀라 있었다. 엄마의 말솜씨도 그렇거니와 생각도 공부를 많이 한 사람과 비슷해져 가고 있는 것이 놀라웠다. 그렇다면 윤 장로와 논쟁에서 밀리지 않을 것이라고 내다봤다.

"불? 말은 그렇게 해도 사실은 조 집사가 예수님이잖아. 예수님 노릇 한 것이 사실이잖아요."

윤 장로의 빈정대는 말을 엄마는 귀담지 않고 단호하게 말했다.

"저는 불이라고 했습니다. 불이 뭔지 생각해 보세요."

윤 장로는 생각하는 것이 귀찮다는 듯 저리 가라는 손짓을 했다.

엄마의 말마따나 불이 피어나면 빛이 났으며 그 빛은 생명과도 같았다. 그 말을 듣고서 나는 신앙도 그래야 한다고 생각했다. 그리고 불이 피어나면 열이 났으므로 추운 영혼들에게 그것이 생명과 같다고 보았다. 그 열이 사람을 변화시키는 것은 당연했다.

"아무튼 당회(堂會)에서 결정했소. 이미 진상파악은 다 했고 결정까지 내렸단 말이요."

윤 장로의 차가운 목소리가 내 생각을 무참히 짓밟았다. 당회란 목사님과 두 명의 장로가 모여 앉아서 속닥거리는 모임이었다. 그 자리에서 엄마의 교회 출입을 막는다는 결정을 했다고 윤 장로가 힘주어 말했다.

"좋게 말할 때 따르는 게 좋을 거요."

교회에 출입하지 말라는 것은 신자의 자격을 박탈했으니 교회에서 나가라는 이른바 출교(黜敎)의 명령이었다. 그런데 내가 나중에 알게 된 바로는 그 정도의 벌을 내릴 수 있는 것은 교회에서 중범죄를 저지르고 회개하지 않은 경우에나 가능한 것이었다.

"교회가 누구를 나가라, 들어오지 마라, 그런 말 할 수 있는 곳이란 말이요?"

입술이 굳어 버린 듯 멍하니 서 있는 엄마를 대신해서 아버지가 윤 장로에게 대꾸했다.

"당회의 결정이라니까 그러네."

윤 장로는 긴말을 하는 것이 귀찮다는 듯 같은 말을 반복했다.

아버지는 교회에 관한 개념이 흔들렸다. 아버지가 아는 교회란 죄인들이 모여서 예수님을 기다리는 곳이었다. 그리고 교회에는 상하관계란 것이 없어서 누가 누구에게 명령을 하는 일은 있을 수 없었다. 아버지는 엄마에게 그것을 확인하려고 했다.

"어디 한번 말해 봐."

"……"

엄마는 주춤거리며 긴 한숨만 내쉬었다.

그때 광규 아저씨와 청계댁이 뒤늦게 교회 마당으로 들어왔다. 그들을 먼저 발견한 것은 윤 장로였다.

"저들은 하나님을 만나고 싶은 사람들이니까 들여보내 주겠어. 하지만 조 집사가 저들의 하나님이 되고 싶으면 데려가도록 하고."

그렇게 말하는 윤 장로를 엄마는 바라봤다. 그 속마음을 들여다보는지 한동안 눈동자가 움직이지 않았다. 그러다가 청계댁이 다가오자 봐야 할 것을 다 봤다는 듯 고개를 돌렸다.

아마도 엄마는 윤 장로의 속에 시기심이 불타오르고 있는 것을 보았으며 그 불을 끄기가 쉽지 않을 거라고 내다본 듯했다. 내가 그렇게 생각했던 것은 윤 장로가 사람들이 교회에 나오는 것을 꺼리는 것이 아니라 엄마의 손에 이끌려서 나오는 것을 싫어한다고 느꼈기 때문이다.

엄마는 광규 아저씨 부부에게 얼른 안으로 들어가라고 손짓했다. 그러고 나서 말없이 뒤돌아서더니 교회 마당을 터벅터벅 걸어 나갔다. 아버지와 나도 머뭇거리다가 엄마의 뒤를 따를 수밖에 없었다.

우리는 집으로 돌아와서 안방에서 우리끼리 예배를 했다. 하지만 찬송가를 부르기도 전에 아버지가 성경책을 발로 툭 차고 등을 보여서 예배는 시작과 동시에 끝나 버렸다. 아버지는 단단히 화가 난 얼굴이었다.

"당신도 윤 장로를 무서워하군 그래."

아버지가 화난 까닭은 엄마가 윤 장로를 물리치지 못했기 때문이다. 그것은 나 역시 신경질을 부릴 만한 이유이기도 했다.

"우리는 담대해져야 합니다. '담대하라'고 성경은 수도 없이 말하고 있어요. 왜 그 말을 그렇게도 많이 했는지 생각해 보자고요."

"생각만 해서 뭣 해? 그딴 게 대체 뭘 할 수가 있어?"

아버지는 엄마의 말이 듣기 싫다고 소리를 질렀다. 그저 윤 장로가 괘씸하다는 것과 그에게 앙갚음을 하고 싶다는 생각만 하고 있는 듯했다.

"내 말을 들어 봐요."

엄마의 목소리는 낮고 침착했다. 그 소리로 담대하다는 것이 무슨 뜻인지 비유로 풀었다.

"바람 불어도 두려워하지 않는 갈대를 보세요."

엄마는 갈대가 아무리 세찬 바람에도 꺾이지 않는다는 확신을 갖고 있다고 했다. 그 확신은 내가 뿌리를 내린 곳이 어딘지를 알면 알수록 강해진다고 했다.

엄마의 비유는 쉬웠다. 하지만 아버지는 듣지 않았다. 나도 엄마의 말이 더는 들리지 않았다. 오랫동안 몸담았던 곳에서 쫓겨나게 된 판국에 그것은 엉뚱한 소리일 뿐이었다.

그날 오후에 아버지는 갯가에 나가 홀로 취해서 돌아왔다. 그리고 밤에는 광규 아저씨와 어울려서 술잔을 나눴다.

끔찍한 사건은 한밤중에 터졌다. 낫 같은 초승달이 뜬 밤이었다.

아버지가 부엌에서 식칼을 찾아들고 윤 장로의 집으로 달려갔다. 술김에 저지른 일이었지만 윤 장로에게 칼을 들이댄 것은 돌이킬 수 없는 일이 되고 말았다. 아버지는 칼로 생선을 마구 썰어 보아서인지 칼질에 능숙했다. 그러나 칼로 사람을 겨눈 후에는 아무것도 못하고 부르르 떨기만 했다. 그럴 줄 뻔히 알면서도 칼을 든 것은 술기운 때문이었다.

면사무소 맞은편에 있는 경찰지서에서 경찰관들이 달려왔다. 그들이 아버지의 손목에 수갑을 채우고 갔다. 윤 장로가 용서해 주겠다고 합의를 하지 않는다면 아버지는 쉽게 풀려나지 못할 것이라고 사람들이 소곤거렸다. 그러나 이튿날 오후에 아버지는 아무 일도 없었다는 듯이 집으로 돌아왔다. 엄마가 윤 장로를 찾아가서 뭔가 합의를 했을 것이라고 나는 추측했다.

아버지는 집에 와서 이틀 동안 아픈 사람처럼 누워 있기만 했다. 엄마는 아버지가 칼을 들었다는 사실 때문에 마음이 가라앉지 못했다. 아무리 보아도 아버지가 칼을 들고 사람에게 대들 만큼 험악한 구석은 없다고 본 것이었다.

"능력을 믿었소."

아버지가 대답한 후에 잠시 뜸을 들였다. 그러고서 후회스럽다는 표정으로 일전에 엄마가 했던 예언이 떠올라서 일을 저질렀다고 털어놓았다. 아버지는 술에 취해서 비틀거리다가 알 수 없는 담력 같은 것이 생기면서 스스로를 능력이 많은 사람이라고 착각했다는 것이었다.

"잘못 안 거 같은데, 능력이란 그런 게 아니요. 능력이란 말씀을 믿고 예수님을 믿는 것이란 말이요. 믿지 못하도록 공격하는 게 좀 많아요? 그걸 물리칠 수 있는 능력! 그런 능력은 말씀을 믿으면서 갖게 될 것이요. 그리고 말이요, 벼락처럼 갑자기 얻는 것이라기보다는 자라나야 한다는 것이요. 자라고 또 단단해져야 하는 것이란 말입니다."

엄마의 말에는 힘이 있었다. 하지만 아버지는 그 말을 이해하지 못하겠다는 듯 멀뚱멀뚱 허공만 올려다봤다. 그런 능력이라면 그다지 필요하지 않다는 듯 실망스러운 표정을 비쳤다.

나는 아버지의 표정이 하고 싶어 하는 말을 소리 내어 외치고 싶었다. 우리를 구원할 거대한 손이 지금 당장 나타난다면 기꺼이 붙잡겠지만 미래의 어느 날이나 죽고 난 이후에는 관심 없다고.

엄마가 아버지와 나를 번갈아 보며 입을 열었다.

"구원이 무엇인지 깨닫게 해 달라고 기도 하세요. 구원을 잘 몰라서 이렇게 힘들어졌어요."

엄마의 처방에 아버지는 시큰둥했다. 그런데 그 순간에 나는 섬광처럼 강렬한 빛을 보았다. 빛이 몇 번 번쩍거리다가 눈앞을 지나갔다.

나는 섬광이 무엇이었는지 곰곰이 생각했다. 그러다가 엄마가 눈에 보이는 현실적인 것을 말하는 것이 아니라 보이지 않는 영혼에 대하여 말한다는 것을 알았다. 어린 나의 생각으로 영혼과 빛은 성질이 같았다. 그러고 보니 깨달아지는 것이 있었다. 내가 그런 깨달음에 이른 것은 엄마의 기도를 알아들을 수 있기에 가능한 것이었다.

나는 엄마가 무슨 기도를 하는지 조금은 알아들었다. 방언이 전혀 엉뚱한 소리가 아니었다. 여동생도 엄마의 기도를 알아듣는다고 했다. 우리에게 방언을 세상의 언어로 이해하는 통변(通辯)의 은사가 임한 것은 아니었다. 오랜 시간에 걸쳐서 엄마의 기도에 익숙해진 결과였다.

실망스럽게도 엄마의 기도는 현실에서 상당히 동떨어져 있었다. 우리가 잘 먹고 잘사는 것이나 고통 없이 살게 해 달라는 기도가 전혀 없었다. 사는 것과 관련된 문제를 푸는 것이 현실적이고 중요한데도 엄마의 기도는 비현실적이면서 삶과는 무관했다. 그렇다고 엄마가 현실도피의 내세적 신앙에 빠져 있다는 것은 아니었다. 엄마는 언제나 울먹이는 소리로 사랑의 속삭임만을 반복하고 있었다. 사랑의 대상은 단연 예수님이었다. 어제 했던 고백을 오늘도 하는 것. 그것이 얼마나 귀찮은 일인가. 그런데도 엄마는 죽을 때까지 하겠다는 듯 멈출 기미를 보이지 않았다. 그래야만 구원을 받는다고 믿는 것이 틀림없었다.

"초라한 육신이 구원받는 게 아닙니다. 죽으면 흙이 될 육신이잖아요. 영혼을 살펴야 합니다. 구원받을 내 영혼을 생각해야지요."

엄마의 말에 아버지의 반응은 냉담했다. 하지만 나는 영혼을 생각했고 사랑도 생각했다. 왜 그런지 모르겠지만 영혼을 생각하면 사랑이란 말이 자연스럽게 떠올랐다.

그 순간에 또 한 차례 섬광이 지나갔다. 추상적인 언어로만 이해했던 사랑이 강렬한 빛이 되어 나를 찾아온 것이었다. 나는 찬란한 빛 때문에 시력이 흐려져서 잠시나마 주변의 사물을 볼 수 없었다. 그러다가 안개가 걷히듯 선명해지면서 사랑이 무엇인지 알 것도 같아졌다.

내가 깨달은 사랑은 하나님의 속성이었다. 그리고 하찮은 인간에 불과한 나의 실체이기도 했다. 사랑을 받지 못하고 사랑을 주지도 못하고 사는 인간은 아무짝에도 쓸모없는 마른 뼈에 불과하다는 생각이 들었다. 마찬가지로 하나님도 늘 사랑을 주고 사랑을 받아야 할 분이 틀림없었다. 깨달음은 스치는 빛처럼 짧았지만 워낙 강렬해서 나는 가슴에 두 손을 얹었다.

"기도를 하게 되면 훨씬 더 깊은 것도 깨닫게 될 것이다."

엄마는 내가 무슨 생각을 하는지 안다는 듯 다정한 눈빛으로 말했다.

나는 엄마에게 속을 들킨 적이 하도 많아서 놀라지도 않았다. 갑자기 찾아온 깨달음, 그것은 참 소중할 것 같은데 옷에 묻은 먼지를 털어 내듯 잊어버리기로 했다.

엄마는 아버지를 애틋한 시선으로 바라봤다. 그리고 잠시 망설이더니 입을 열었다.

"하여튼 여기를 떠납시다."

엄마는 아버지에게 고향을 버리고 이사 갈 계획을 말했다. 그것이 윤 장로와 합의했던 것임을 나는 알 수 있었다.

아버지의 얼굴이 어두워졌다. 고향을 떠나면 살길이 막막해서 근심과 불안의 어둠에 겁먹은 것이었다.

"나도 멀리는 못 갑니다. 읍내로 나갑시다."

읍내라면 타향살이가 아니었기에 아버지의 얼굴빛이 돌아왔다.

나중에 아버지가 그날을 회상하며 내게 말한 적이 있었

다. 고향을 떠나면 뿌리 뽑힌 나무처럼 될 것 같아서 두려웠다고. 그런데 읍내라면 가지만 먼 곳으로 뻗치고 있을 뿐이라는 생각에 엄마의 뜻에 따르기로 결심했다고. 그만큼 고향을 떠나는 것이 아버지에게는 힘든 일이었다. 그 힘든 일을 감당하면서 아버지는 죄의식을 느꼈다고 했다. 그러면서 죄가 무엇이고 어떤 결과를 초래하는지 생각하기 시작했다. 생각은 깊어져서 아버지는 형법상의 죄가 아니라 종교적 죄를 깨달았다고 했다.

이사준비는 며칠 만에 후다닥 끝났다. 우리 집은 사겠다는 사람이 나올 때까지 비워 두기로 했다. 아버지의 고깃배는 광규 아저씨에게 물려주기로 했다. 엄마가 그렇게 간단하게 일을 처리한 것은 그간 장사를 해서 저축한 돈이 상당했기 때문이다. 엄마는 교회에 헌금하는 것 말고는 큰돈을 쓴 적이 없었다. 그래서 나는 읍내의 번듯한 집에서 행복하게 사는 우리 식구를 상상했다.

"거기나 여기나 뭐가 다르겠냐?"

엄마가 내 예감에 찬물을 끼얹었다. 엄마의 세상은 싸움터이고 적들이 우글거리는 곳이었다. 어디서 총알이 날아오고 포탄이 떨어질지 모르는 전쟁터 같은 세상이었다.

나는 이삿짐을 꾸리면서 우리가 피난민이라는 생각을 떨칠 수 없었다. 그러면서 어디를 가더라도 교회를 다니지 않는다면 우리는 전쟁을 치르지 않고 그럭저럭 살 것 같다는 생각을 했다. 그러고 보니까 엄마가 전사처럼 살고 있는 까닭은 교회에 다녔기 때문이다. 그리고 그 때문에 우리에게 고통은 그치지 않고 있었다. 불길하게도 더 넓은 곳으로 나가면 그만큼 더 큰 고통이 우리를 기다리고 있을 것 같았다.

6

 읍내의 중심가에서 동떨어진 후미진 곳에 꽤 큰 방죽이 하나 있었다. 우리는 그 옆에 자리한 낡은 슬레이트집으로 이사했다. 외딴집이었지만 버스가 지나가는 길목이었다.

 집은 낡고 헐었다. 도로에서 보면 약간 기울어진 그야말로 허술한 집이었다. 그렇지만 방이 네 개나 되었고 마당과 뒤뜰이 널찍했다. 마당의 절반은 텃밭이었다. 나와 동생의 방이 생겼다. 그 방을 보수할 때 문간방 옆의 담이 무너졌다. 아버지는 무너진 담을 치우고 창을 달았다. 그리고 거기다 철물점을 차렸다.

 방죽은 언제나 거무칙칙했고 악취가 심했다. 물 위를 떠다니는 쓰레기 사이에서 종종 죽은 쥐가 눈에 띄었다. 나는 방죽을 볼 때마다 어린 시절에 나를 두렵게 했던 아궁이가 생각났다. 그리고 아버지가 빠졌던 시궁창이 가물거렸다.

나에게는 어둡다는 것과 더럽다는 것이 다르지 않았고 두려움도 마찬가지였다. 가끔은 그런 것들이 밖이 아니라 내 안에도 있는 듯해서 몸서리를 칠 때도 있었다.

철물점은 파는 물건의 종류가 많지 않아서 찾는 이가 드물었다. 읍내의 상가와 장터에도 큰 철물점이 있었으니 굳이 외진 곳까지 찾아올 사람이 없기도 했다. 간혹 길가는 노인이 들러서 낫 한 자루를 사면 큰 장사를 한 셈이었다.

아버지는 철물점 구석에서 자전거 수리도 했다. 자전거 통학생들이 많았던 시절이었다. 아버지는 멀쩡한 자전거가 고장 나기를 바라며 지나가는 자전거를 바라보았다. 그러나 고장이라고 해 봤자 타이어에 펑크가 나는 정도였다. 아버지는 이틀 걸러 한 대씩 자전거 펑크를 때웠다. 그로써 돈벌이를 하는 것이 내키지 않았는지 아버지는 돈을 받지 않았다. 주머니를 뒤지는 학생들에게 조심히 가라고 먼저 손을 흔들었다.

한동안 우리 집에는 수입이 없었다. 그런데도 엄마는 먹고사는 문제로 염려하지 않았다. 아버지가 새로운 일을 시작했다는 것을 좋아했고 차츰 나아질 것이라고 기대했다. 그 기대감은 튜브에 불어 넣는 바람처럼 아버지의 기분을 부풀게 했다. 엄마는 더 나가서 우리가 아주 잘살게 될 것이라고 장담을 했다.

엄마는 아버지가 생선을 잡아다 주지 않아서 장사밑천이 없었다. 그런데도 빈 바구니를 이고 나가서 장터 입구에 자리를 잡았다. 엄마는 그간 장사를 하면서 알게 된 사람들이 꽤 있는 듯했다. 그들이 바다에서 잡은 생선을 엄마에게 팔아 달라고 가져오기 시작했다. 그중에는 광규 아저씨도 있었다.

광규 아저씨는 사흘에 한 번씩 짐자전거에다 생선을 싣고 읍내로 왔다. 그리고 엄마에게 그것들을 건네고 나면 꼭 철물점에 들렀다. 아저씨는 돌아갈 길이 멀고 험해서 술을 마시지 않았다. 아버지와 잠시 대화만 나눈 후에 금방 일어났다.

그즈음에 아버지와 광규 아저씨가 눈에 띄게 달라졌다. 두 사람의 대화를 엿들으면 신앙의 수준을 짐작할 수 있었다.

"형님, 나는 그간 그냥 교회만 다닌 것 같아요. 이제는 정말로 예수님을 믿어야 될 것 같단 말이요. 한동네서 형님이 없으니까 외로워서 죽겠단 말입니다. 외롭다 보니까, 그놈의 믿음이란 것이 조금 생기고, 교회도 좋아졌단 말이요."

"실은 나도 이렇게 타지에 나와 보니까 불안해서……. 그렇다고 지금 이대로 믿는다면 미신과 다를 바가 없을 거 같아서 아직은 썩 내키지가 않아. 그런데 이상하게도 이 가슴에서는 자꾸 끌린단 말이여."

"끌린다는 말이 맞소. 나도 그런다니까요."

"누구나 다 끌릴 거야. 그리고 끌리는 게 정상일 거야. 그러니까 하나님이 있다는 말이 맞긴 맞을 거야. 나는 요새 하나님이 약속한 것도 조금씩 믿어진다니까."

"맞는 말이요. 죽어 봐야 알겠지만 죽기 전에 알아서 다행이요."

광규 아저씨의 고백은 솔직했다. 인간의 관계성에 대하여 고민하다가 교회를 다시 봤다는 것이었다. 그리고 아버지는 속내를 훤히 드러냈다. 그 내면에서는 복음과 구원의 의미를 이해하려고 부단히 애쓰고 있었던 것이다.

나는 아버지와 광규 아저씨를 동정했다. 아무리 고민하고 애써 봤자 소용없다고 말해 주고 싶었다. 개인적인 깨달음이 신앙으로 이어지는 것은 결코 쉬운 일이 아니었다. 교회가 나서서 돕는다면 쉬울 수도 있었다. 그러나 교회는 개인의 신앙을 점검하고 올바르게 성장하도록 이끌어 주지 못했다. 교회는 집단적인 신앙을 강요하면서 신앙을 집단착각으로 만든 곳이었다. 그런 신앙은 구원에 이를 수 없었다. 내가 본 교회는 그랬다. 성경에서 말하는 신앙의 덕목보다는 세상의 도덕과 윤리를 앞세웠다. 인간적인 행복은 기도 때마다 빼놓지 않고 구하면서도 십자가는 단 한 번도 지려고 하지 않았다. 문제는 교회에 있었다.

"결단을 못한 것이 문제야."

엄마는 내 생각이 얼토당토않다며 눈살을 찌푸렸다. 그러면서 아버지와 광규 아저씨가 신앙의 결단을 단단히 하지 않고 어물쩍거리는 것이 문제라고 했다. 찬물이 불로 데워지면 뜨거워져야 하는데 미지근한 상태로 남아있다면 찬물과 다를 바 없다고도 했다.

나는 미지근한 물이었다. 교회를 다니고는 있었지만 더 이상 뜨거워지지도 차가워지지도 않고 있었다.

우리가 새로 다니게 된 교회는 읍내 북쪽의 야트막한 산기슭에 있었다. 거기는 해가 떠도 그늘이 짙어서 으슥한 곳이었다. 집에서 교회까지 걸어가는 길에 크고 번듯한 교회를 세 개나 지나야 했다. 그런 좋은 교회들을 줄줄이 뒤로하고 먼 길을 가는 것은 두 가지 이유 때문이었다.

하나는 읍내에서 우리를 받아 줄 교회가 없어서였다. 고향 교회와 같은 교단(敎團)의 교회에 슬쩍 들어가서 예배를 드린 적이 있었다. 예배 후에 건장한 사내가 엄마에게 다가와서 귀찮다는 얼굴로 말했다.

"다른 교회를 알아보세요. 이단(異端)이 들어오면 교회가 곤란해집니다."

엄마가 이상한 신앙생활을 한다는 소문의 결국이 이단이었다. 이단이란 정통의 가르침과는 다른 것을 믿는다는 것으로 적대시한다는 말이었다. 그것은 마치 죄인의 이마에

찍힌 낙인 같은 것이었다. 그래서 나는 얼굴이 달아올랐고 교회에 가고 싶지 않았다.

엄마는 이단이 아니라고 외치지 않았다. 왜 이단이냐며 대들거나 따지지도 않았다. 그저 태연하게 여기저기 교회를 기웃거렸다. 가는 곳마다 다시는 오지 말라는 소리를 들었다. 세상은 좁았고 소문은 빨랐다. 더는 갈 곳이 없게 되었을 때에 산기슭에 있는 교회를 알게 되었다.

교회는 잡목 숲에 가려서 잘 보이지 않았다. 교회라기보다는 기도원에 가까워서 얼른 눈에 띄지 않았다. 그곳을 엄마가 발견한 것이 신기한 일이었다. 그리고 더 놀라운 일이 있었다. 그 교회의 목사와 엄마가 안면이 있는 사이라는 것이었다. 오래전 엄마의 고향마을에다 교회를 세웠던 강 전도사가 목사가 되어 그 초라한 교회에 있었다. 그것이 우리가 그 교회에 다니게 된 또 하나의 이유였다.

일요일 아침이면 교회를 향해 가는 엄마의 얼굴에 함박웃음이 가득했다. 교회가 움막 같은 집이라서 엄마의 웃음은 이해되지 않았다. 일요일이면 그곳에 강 목사의 가족과 우리 식구가 모였고 거리에 앉아서 구걸이나 할 것 같은 노인 몇이 힘들게 찾아왔다.

강 목사는 갓 오십 줄에 들어선 사람이었지만 십 년은 더 늙어 보였다. 몸도 좋지 않은지 다리를 절뚝거렸다. 엄마가

'사모님'이라고 불렀던 그의 아내는 핏기 없고 노란 얼굴이어서 항상 아파 보였다. 늦게 결혼을 했는지 그의 두 아들은 나보다 훨씬 어렸다. 그 애들도 깡마른 데다 허약해 보여서 나는 교회에 가는 것이 불안했다.

아버지는 돌고 돌아가는 길이 싫다며 교회에 나가지 않았다. 엄마가 힘들게 가진 믿음을 저버리지 말자고 아버지를 다독거렸다. 그럴 때면 아버지가 손을 휘저으며 하는 말이 있었다.

"나는 교회는 안 가도 하나님은 믿는다."

아버지는 어디서 들었는지 무교회주의자(無敎會主義者)가 되겠다고 선언했다. 굴레 같았던 교회의 제도와 형식을 버리고 혼자서 자유롭게 성경을 읽고 기도도 하면서 살겠다는 것이었다.

엄마가 신앙생활이란 장작불 같은 것이라고 아버지를 달랬다.

"장작개비 한두 개로는 불을 못 붙이죠. 모아야 불이 붙고, 붙기만 하면 꺼질 줄 모르고 탑니다. 신앙이 바로 그렇다니까요."

옳은 말이었다. 나 홀로 깊은 숲속에 들어가서 신앙생활 한다고 해서 제대로 될 리가 없었다.

"결국 재가 되는 것은 마찬가지야. 내버려두면 썩어서 재가 될 테고, 잘 타고 나도 재가 될 테고."

아버지가 절망스러운 말을 한 후에 큼큼거리며 돌아앉았다. 아버지도 우리가 교회에 다니지 않는다면 큰 어려움은 겪지 않고 살 것을 확신하는 듯했다.

나는 일요일이면 하는 수 없이 교회에 나가서 지루한 설교 시간을 버텼다. 방법은 간단했다. 딴짓을 하면 지루함이 없어지는 것이었다. 그래서 설교를 듣는 척하면서 머릿속으로는 수학문제를 풀기도 했고 영어단어를 외우기도 했다.

나는 집에서 벗어나고 싶어서 공부에 열심을 냈다. 도시의 고등학교에 진학하는 것이 일차 목표였다. 아궁이도 없고 방죽도 없는 곳으로 떠나고 싶었다. 그러려면 공부를 아주 잘해야 했다. 그래서 중학교 이학년 때부터 책과 씨름을 시작했고 머잖아 우등생이 될 수 있었다. 대부분의 친구들이 공부를 하지 않은 덕분에 성적은 급상승했다.

우등생이 된 나는 관심거리가 이전과는 달라졌다. 이를테면 쓸데없는 것들, 낭비하는 것들, 하찮은 것들에는 관심을 주지 않았다. 교회에 다니는 것과 매일 성경을 읽고 묵상을 하는 것도 그중의 하나였다. 그것은 황금 같은 인생의 시간을 무가치한 돌이나 만지작거리며 흘려보내는 것과 다를 바 없는 무의미한 짓이었다.

관심을 바꾸었더니 고민도 줄었다. 그때까지 나의 고민거리는 교회와 신앙 그리고 인간관계에 관한 것이었다. 그것들과 나는 오랫동안 단순한 갈등관계였다. 믿음과 불신 그리고 용서와 복수 따위의 감정이 때로는 잔잔한 물결이었다가 때로는 풍랑처럼 일렁거렸다. 그런데 그런 것들도 공부에만 몰두하는 나를 건들지 못했다. 그러나 그것은 나만의 착각이었다. 고민이 한층 무게를 늘려서 나를 짓누를 기회를 엿보고 있었다.

나는 우등생 무리에 들면서 주완이라는 친구와 친해지고 싶었다. 그 친구는 전교 1등이었고 수학과 영어의 실력은 이미 고등학생 수준이었다. 그러나 주완이 나를 멀리한다는 것을 알았다. 그 이유가 나를 고민에 빠트렸다.

"너, 이상한 교회에 다닌다면서?"

"……."

나는 대답하지 않았다. 주완이 흘겨보며 물은 말에 나를 멀리하는 이유를 알아차렸던 것이다.

주완은 목사의 아들이었다. 그렇다면 내가 다니는 교회가 어떤 곳이며 엄마의 신앙이 어떻다는 것을 들어서 알고 있는 것이 틀림없었다. 나는 주완이 이상하다고 판단한 것을 따져 가며 반박할 자신이 없었다. 그가 나보다 훨씬 더 잘 알고 있으리라 생각했던 것이다. 그렇지만 그가 무엇을 이상하다고 보는지는 알고 싶었다.

"정통에서 벗어났어. 루터와 칼빈의 교리를 무시하고."

주완은 그 말뿐이었다. 구체적으로 무엇이 잘못된 것이고 이상한 것인지는 알지 못했다. 그저 주위들은 대로 내가 음흉한 이단종교에나 빠져 있다고 간주하며 차갑게만 대할 뿐이었다.

나는 학교 도서관에서 루터와 칼빈에 관한 책을 찾아 읽었다. 어려운 철학과 신학용어들 탓에 제대로 이해하지는 못했지만 정통이 무엇인지 알려고 했다. 그러다가 정통은 신학자들의 주장과 교리에 있는 것이 아니라 성경에 있다는 것을 알았다. 성경에다 무엇을 보태거나 빼지 않고 믿는다면 이단이 아니었다. 오히려 개인의 사상과 주장을 앞세우고 교리를 성경과 나란히 믿도록 강요하는 것이 이단이었다. 이것은 나만의 깨달음이 아니라 상식이었다.

나는 엄마 편을 들어주기로 했다. 신앙을 열심을 내서 한다는 것은 비난받을 만큼 이상한 일이 아니었다. 비난은 대충 신앙하는 사람들이 시기심과 질투심으로 지껄이는 소리였다. 그렇게 생각했더니 먼지처럼 붙어 있던 고민이 털어지고 홀가분해졌다. 나를 기피하는 친구에게 애써 매달리고 싶은 생각도 없어졌다. 때로는 외로움도 좋은 친구가 될 수 있었다.

엄마는 집에서 성경책을 읽다가 잠든 날이 많았다. 그 무렵에는 집에서 거의 기도를 하지 않았다. 새벽마다 교회에 나가면 두 시간쯤 큰 소리로 실컷 기도를 할 수 있었기 때문이다. 그래도 기도를 더 하고 싶었는지 엄마가 자전거를 배웠다. 교회까지 걸어가는 시간을 아껴서 기도를 더 하고 싶었던 것이다. 아버지에게 하루 만에 자전거를 배운 엄마는 뿌연 어둠을 뚫고 교회로 달렸다. 그리고 기필코 기도의 양을 채워야 한다는 듯이 열심을 냈다.

그즈음에 나는 이상한 점을 발견하고 놀랐다. 그것은 바로 내가 엄마의 기도를 알아듣지 못한다는 것이었다. 한때는 엄마의 기도가 무엇을 말하는지 대충 짐작했다. 그런데 점점 그저 중얼거리는 소리에 불과해졌다. 잔잔한 강물의 흐름 같았던 소리가 소음이 된 것이었다. 그렇게 못 알아듣게 된 것이 나는 좋았다. 불안과 두려움이 이전보다 훨씬 덜 해졌기 때문이다.

중학교 졸업을 앞둔 겨울에 나는 간절히 봄을 기다렸다. 봄이 되면 도청소재지에 있는 고등학교에 진학할 예정이었다. 대도시로의 유학(遊學)은 많은 돈이 들었다. 하지만 돈 걱정을 전혀 않고 사는 엄마 덕분에 나는 망설이지 않고 진학을 결정했다. 멀리 떠날 생각에 하루하루가 축복의 날이었다.

눈이 많이 왔고 방죽의 풍경이 달라졌다. 방죽가에 도둑처럼 웅크리고 서 있는 능수버들도 맘씨 좋은 할머니 같아 보였다. 숫눈길을 밟으려고 일찍 일어났는데 엄마 발자국이 먼저였다. 자전거 바퀴가 오고 간 후에 다시 발자국이 났다. 그 발자국은 방죽 건너편에 있는 기와집으로 들어갔다.

건너편 기와집에는 엄마가 '일로댁'이라고 부르는 할머니가 홀로 살고 있었다. 엄마는 할머니의 아침을 챙겨 준 후에 장터로 향했다. 일로댁은 엄마의 고향과 가까운 곳에서 태어나서 자랐다가 읍내로 시집왔다고 했다. 그래서 엄마는 일로댁을 친정엄마라도 되는 듯 봉양하고 있었다. 장사를 마치고 돌아오는 길이면 꼭 그 집에 들러서 저녁까지 차려 주고 집으로 왔다. 간혹 집에서 맛있는 반찬이라도 만들면 엄마는 내게 심부름을 시켰다. 그럴 때 가서 보면 일로댁은 한때 큰살림을 했던 게 분명했다. 집 안에 가구도 많았고 마당가에 여러 농기구가 널려 있었다. 하지만 홀로 살고 있었기에 집은 늘 을씨년스러웠고 어두침침했다. 나는 그 서늘한 어둠이 싫어서 엄마의 심부름을 여동생에게 넘겨주곤 했다. 그러면 여동생은 그 집에 가서 한참이나 머물다가 오곤 했다. 외로운 할머니가 말동무가 생기니까 좋아서 여동생을 오래 붙잡고 있었기 때문이다.

일로댁은 내게 용돈을 자주 줬다. 나는 그때까지 서너 장의 지폐를 누군가에게 한 번에 받아 본 적이 없었다. 그 돈으로 공부할 책을 망설이지 않고 살 수 있어서 좋았다. 하지만 돌아서면 마음이 불편했다. 나와는 아무런 관계가 없는 사람한테서 받은 돈이었다. 그 돈을 쥐고 있으면 이상하게도 훔친 것 같은 기분이 들었다.

겨울이 끝날 무렵에 아버지가 방죽에 빠진 일이 있었다. 그날 아버지는 오랜만에 광규 아저씨와 만나서 술을 한잔했다. 버스터미널에서 아저씨를 태운 막차가 떠나는 것까지 보고 휘청휘청 집으로 걸어오던 아버지는 둑길에서 그만 미끄러졌다. 방죽에 살얼음이 있었기에 깊이 빠지지는 않았지만 아버지는 넘어지면서 가슴팍까지 흠뻑 젖고 말았다. 그런데 아버지는 방죽에서 나오려고 하지 않고 한참이나 쪼그려 앉아 있었다. 갑자기 차가운 물속에 빠지고 보니 뭔가 머리끝을 스치는 생각이 있었다. 그것이 무엇이었는지 알아내려고 아버지는 하늘을 바라보며 골몰했다.

그날 아버지는 하체가 거의 마비되다시피 해서 집에 돌아왔다. 그리고 그로부터 사흘이나 하는 일없이 우두커니 앉아서 방죽만 바라보았다. 그러면서 가끔씩 혼잣말을 했다.

"누가 밀긴 밀었어."

아버지의 깊은 고민의 소리에는 한숨이 섞여 있었다. 그 한숨은 예전에 시궁창에 빠졌을 때를 떠올리게 했다.

"보이지는 않았지만 누군가가 있는 거 같았어."

엄마는 아버지가 속삭이는 말을 흘려듣지 않았다. 그리고 아버지 가까이 다가앉으며 눈동자를 뚫어져라 바라보았다.

아버지가 갑자기 엄마에게 묻고 싶은 말이 떠올랐다는 듯 무릎을 탁 쳤다.

"당신도 두려워하는 게 있지? 없을 수가 있나? 그게 뭔지 듣고 싶은데."

"심판이요. 그리고 지옥 가는 것."

엄마의 목소리는 또랑또랑했다. 심판이란 이 세상의 삶이 끝난 후에 하늘에 가서 잘잘못에 대해서 판단받는 일이었다. 그 뜻을 아버지가 아는지 엄마는 물끄러미 바라보았다.

아버지가 이맛살을 찌푸리더니 고민에 빠졌다. 인생을 술 마시며 흥청거렸고 누군가를 미워하며 살았다면 잘못 산 것이 틀림없었다. 아버지의 눈빛에 자책감이 흘렀다. 심판대에서 좋은 판정을 받기란 틀린 일이었다. 아버지는 그런 생각에선지 눈동자가 떨리기도 했다. 당연히 가게 될 지옥이라는 무서운 곳을 상상하는 듯도 했다.

이튿날 새벽에 엄마가 교회에서 돌아왔을 때였다. 아버지는 기다렸다는 듯이 엄마 앞에 앉았다. 그리고 몇 번 큼큼거리는 소리를 내더니 깜짝 놀랄 말을 했다.

"나 말이여, 다시 교회에 다녀 볼라고……."

"결국 깨달았어요! 그런데 교회 다니는 게 중요한 게 아니란 말이요. 예수님을 믿어야 한단 말이요."

"알았네."

아버지가 엄마의 말을 이해했고 또 따르겠다고 했다. 그러면서 인생은 심판대를 향해서 가는 길에 불과하다고 말했다. 그 길의 종착지가 심판대라는 것을 알았다고 아버지가 훌쩍거리는 목소리로 다시 말했다.

나는 아버지가 뜻밖의 경험을 하면서 너무 쉽게 신앙을 결단한 것이 놀랍기만 했다. 아버지는 방죽에 빠졌다가 나오면서 뭔가 깨달은 것이 분명했다. 그것이 무엇인지 생각해 본 나는 구원과 관련된 것이라고 짐작했다. 내가 아는 구원은 악과 고난에서 해방되는 것이었다. 그러나 악과 고난이 단지 교회에 나가고 예수님을 믿는다고 해서 감쪽같이 사라지는 것은 아니었다. 악과 맞서 싸워야 하고 고난으로 강해져야 하는 것이 기독교였다. 내가 엄마의 아들로 살면서 확신하는 기독교는 그런 종교였다. 그렇다면 기독교를 믿는다는 것은 목숨을 걸어야 하는 일이었다. 그 일을 아버지가 끈질기게 하지는 못할 것이라고 나는 생각했다.

나는 아버지에게 말하고 싶었지만 참았다. 아버지가 교회에 다시 나가겠다고 했으니 이제부터 이전보다 더 큰 고통이 시작될 것이라고. 쉽게 해결할 수 없는 힘들고 괴로운 일이 끊이지 않을 것이라고. 아버지에게 그 말을 차마 하지는 못했지만 내가 살 길은 확실히 알 것 같았다. 우선 엄마가 있는 곳에서 아주 멀리 떨어져 나가면 살길이 보일 것 같았다. 교회가 없는 곳이면 더욱 좋겠다는 생각도 했다. 하나님과 엄마로부터 이른바 독립선언을 하는 것으로 앞으로는 내 힘과 내 뜻대로 사는 것을 꿈꿨다.

집을 떠날 시간이 다가왔다. 나는 꿈이 현실이 되는 순간을 맞이하는 듯 들뜨기 시작했다.

7

나는 고등학교에 가서도 열심을 냈다. 그러나 성적은 좀체 나아지지 않았고 공부를 조금 한다는 소리나 들을 정도였다. 시골과 달리 도시의 학교에서는 내가 올라설 수 없는 계단이 있었다. 그리 높은 계단은 아니어서 해 볼 만하다고 마음먹고 도전을 멈추지 않았다. 하지만 먼저 올라서 있는 친구들을 밀어내고 추월하는 것이 그리 쉽지는 않았다.

학교와 하숙집을 오가는 길에 나는 절망감에 빠졌다. 노력했지만 성과를 내지 못하고 지쳐 버렸으니 시지푸스의 절망이었다. 엄마라면 이를 악물고서 기어코 정상에 올라섰을 것이다. 하지만 나는 일찌감치 포기하고 말았다. 죽어라고 공부에 매달릴 것까지는 없다고 체념한 것이었다. 그 체념에는 서울의 삼류대학만이라도 진학하게 되면 엄마와 떨어질 수 있는 안전한 거리라는 심리가 밑바탕에 깔려 있었다.

내가 안전지대를 향해서 한 걸음씩 나아가고 있을 때 엄마는 힘든 시절을 보내고 있었다. 마치 탄가루를 뒤집어쓴 광부처럼 고통으로 얼룩져 가고 있었다. 그 모든 것이 교회와 관련된 일들이 원인이었다. 내가 나중에 여동생에게 들었던 말을 정리해 보면 그 시절에 엄마가 겪었던 고통은 여간해서는 감당할 수 없는 것이었다.

엄마가 강 목사의 교회에 다니면서부터 교인들의 건강이 차츰차츰 좋아졌다. 병약했던 사람들이 하나같이 생기가 돌았고 용기 넘치는 표정들로 바뀌었다. 그것은 자연스레 된 일이 아니었다. 엄마가 부지런히 음식을 장만해서 잘 대접했기 때문이다. 그리고 항상 웃는 얼굴로 그들을 대하면서 긍정적인 생각을 갖도록 애쓴 덕이기도 했다. 잘 먹고 잘 웃는 사람들이 있는 집단은 가만두어도 그 세가 불어나기 마련이다. 계절이 바뀔 때마다 눈에 띄게 교인의 숫자가 불어났다. 산기슭 아래에 살던 사람들이 교회를 나왔다. 엄마가 장터에서 만나서 전도한 사람들이 교회를 찾아왔다. 이상한 교회라고 비난하는 소리는 끊이지 않았지만 교인은 갈수록 늘어나고 있었다.

교인 수가 백 명쯤 되자 강 목사와 엄마는 교회를 읍내로 옮길 계획을 세웠다. 산기슭의 허름한 교회가 읍내의 번잡한 곳으로 옮길 수 있었던 것은 땅이 생겼기 때문이다. 그 땅이 고통을 주게 될 줄을 몰랐다.

장터 뒤쪽에 주인이 누군지 모르는 너른 공터가 있었다. 엄마는 장을 오가는 길에 그 땅을 바라보며 '이 산지를 내게 주소서'를 속으로 읊조리곤 했다. 그 미미한 기도가 놀랍게도 응답이 되었다. 알고 보니 그 땅의 주인이 방죽 건너 기와집에서 홀로 살던 일로댁이었다. 엄마는 일로댁에게 공터에다 교회를 세우면 어떻겠냐고 은근슬쩍 물어봤다. 그때 일로댁의 반응이 의외였다. 일로댁은 믿음이 생겼다며 교회에다 땅을 바치겠노라고 말했다. 그러니까 무상증여를 약속한 것이었다.

강 목사는 교회의 재정이 열악하다는 이유로 거절했다. 땅은 거저 얻었지만 거기에다 건물을 지으려면 막대한 돈이 필요했던 것이다.

"제가 부담할게요. 돈 버는 일이라면 제가 잘하잖아요."

엄마가 떼를 쓰듯 매달려서 강 목사는 허락하지 않을 수 없었다. 엄마는 돈을 잘 벌었고 돈이 없다고 투덜거린 적이 없었다. 그것을 잘 아는 강 목사는 엄마와 아버지에게 교회의 신축공사를 맡겼다.

아버지는 공사의 시작부터 끝까지 현장을 지키면서 허드렛일을 마다하지 않았다. 목수를 돕는 날에는 머리카락 사이에 톱밥이 수북하게 쌓였다. 미장하는 날에는 모래 섞인

시멘트가 몸에 개펄처럼 달라붙었다.

"은혜란 것이 이런 거였어."

아버지는 하루 일을 끝내고 집에 와서 엄마에게 고백했다. 공사판에서 힘들게 일하는 것과 은혜가 어떻게 연결되는지 엄마는 궁금한 눈으로 아버지를 쳐다봤다.

아버지는 건물이 조금씩 모습을 갖춰 갈 때마다 윤 장로가 떠오른다고 말했다. 아주 오래전에 청년이었던 윤 장로가 신앙을 결심하고서 교회를 짓는 일에 몸을 아끼지 않았던 때가 있었다. 그때부터 줄곧 윤 장로는 교회의 일이라면 최선을 다했다. 그때 그가 왜 그렇게 열정적으로 살았는지 알 것 같아서 아버지의 마음이 흔들렸다.

"그 마음이 이해가 됐단 말이네. 그래서 나도 모르게 용서가 됐으니 은혜란 말이네."

아버지는 부끄러운 소년처럼 얼굴을 붉히며 웃었다. 마음에 쌓아 두었던 좋지 못한 것들이 빠져나간 아버지는 얼굴이 환해졌다.

"그런데 착각하면 안 됩니다. 당신이 교회의 주인은 아니란 말이요."

엄마가 엄한 목소리로 경고하듯 말했다. 그것은 엄마가 윤 장로를 용서하지 못했다는 것이 아니라 무엇이 문제였는지 짚어 주는 말이었다.

아버지는 윤 장로의 착각은 본받지 말아야겠다고 결심했다. 그리고 공사가 끝난 후에는 늘 교회 주변을 청소하는 데다 많은 시간을 썼다. 주인이 아니라 일꾼이라는 생각을 떨치지 않으려고 애쓰는 것이었다.

아버지는 교회를 오가는 길이나 철물점에서 만나는 사람들에게 전도를 시작했다. 여느 교인들처럼 일방적으로 믿기만 하면 죄를 용서받고 구원도 받는다는 식의 전도가 아니었다. 아버지는 믿음이 자신을 바꾸었다고 고백했다. 부끄러운 과거를 털어놓으면서 이제는 다르게 살고 있다고 고백했다. 그런 고백의 전도가 소문이 되어 교회에 찾아오는 사람들이 늘어났다.

그러나 일로댁이 죽은 후에 소문이 역전되는 사태가 벌어졌다. 일로댁의 죽음은 노환에다 자연사였다. 어느 아침에 여동생이 기와집에 찾아갔는데 아무런 기척이 없었다고 했다. 방 안에 들어가 보니까 일로댁이 누워서 잠들어 있었다. 여동생은 죽은 줄도 모르고 밥상을 차려 놓고 일로댁을 깨우려고 했다. 그러다가 죽은 것을 알고 허겁지겁 기와집에서 뛰어나와 엄마를 찾았다.

엄마는 일로댁의 장례를 치르기 전에 일로댁에게 양자(養子)가 있다는 것을 알았다. 그 양자가 내가 다니는 학교 근처에 살고 있었다. 엄마가 하숙집으로 전화를 해서 내게 자초지종을 설명하더니 양자를 찾아가 보라고 했다.

내가 고등학교에 다닐 때에도 야간자율학습이 있었다. 특별한 사정이 아니면 그 시간을 빼먹기가 여간 힘들었는데 사람이 죽었다는 소리에 담임이 허락을 했다. 나는 주소만 달랑 들고 주택가로 들어갔다. 학교와 하숙집 그리고 버스터미널만 오갔던 나에게 도시는 크고 번잡했다. 번듯한 집들이 쭉 늘어선 곳을 한참이나 헤맨 끝에 양자의 집을 찾을 수 있었다.

양자는 일로댁이 죽었다는 소리에 무표정하면서 일로댁이 누구냐고 내게 물으려다가 말았다. 그는 내게 알았다면서 가 보란 듯 빤히 쳐다보더니 일로댁을 기억하려고 애쓰는 표정이었다. 나는 그의 눈빛에서 이상한 낌새를 전혀 느끼지 못했다. 그런데 여동생은 이튿날 기와집에 나타난 양자가 눈을 치뜨고 매우 크게 화를 냈다고 했다.

양자는 장례가 끝나자마자 일로댁의 재산을 정리했다. 문제가 된 것은 교회가 세워진 땅이었다. 그 땅이 토지대장이나 부동산과 관련한 서류에 일로댁의 명의로 되어 있어서 문제가 되었다. 엄마가 그 땅은 일로댁이 교회에다 바친 것이라고 양자에게 아무리 일러도 소용없었다. 양자는 재산을 돌려받지 않고는 물러나지 않을 태세였다. 결국 법원에다 재판까지 걸겠다고 했다. 그런 일이 알려지면서 교회와 장터가 뒤숭숭했고 사람들이 소곤소곤했다.

엄마가 사기꾼이라는 소문이 읍내에 돌았다. 엄마가 후사(後嗣) 없는 일로댁의 재산을 탐내서 오랫동안 계획적으로 뒷일을 꾸몄다는 것이었다. 누가 들어도 그럴듯한 말이었다. 그간 엄마가 일로댁 곁에 착 달라붙어서 야금야금 빼내 간 재산이 상당할 것이라고도 했다. 그 소문에 엄마는 대처할 방법은 기도밖에 없었는지 밤마다 교회에 가서 무릎으로 새벽을 맞았다.

"제값 주고 삽시다. 하나님도 공짜는 마다하실 겁니다."

며칠간 철야기도를 한 후에 엄마가 당당하게 말했다.

"그까짓 게 뭐가 어렵겠어."

아버지가 맞장구를 쳤다. 돈과 관련된 일이라면 엄마가 쉽게 처리하는 것을 자주 봤기에 아버지도 해 볼 만하다고 본 것이었다. 그러나 생각보다 거액이 든다는 것을 알고는 시무룩해지고 말았다.

엄마는 양자를 찾아가서 교회의 이름으로 땅을 매입하겠다고 했다. 우선 계약금을 건네면서 돈이 꽤 있었는데 신축공사에 다 써 버렸다고 사정을 했다. 그리고 중도금을 몇 차례에 걸쳐서 내겠다는 식으로 약속을 했다.

강 목사는 헌금에 관한 설교는 하지 않았다. 여느 교회였다면 건축헌금을 모금하기 위해서 혈안이 되었을 것인데 아무런 문제가 없다는 듯 교회는 조용했다. 엄마가 다 알아서 문제를 해결하겠다고 자신감을 비쳤기 때문이다.

그러나 갚아야 할 돈이 티끌 수준의 돈을 버는 엄마에게는 태산이었다. 아무리 당찬 엄마라고 해도 그 크고 험한 산을 넘는 것은 쉽지 않은 일이었다. 당연히 우리 가족의 생활이 힘들어졌다. 그 무렵에 가족 중에서 가장 많은 돈을 쓰고 있는 사람은 나였다. 당장 나의 지출부터 줄어들었다.

아버지가 눈에 띄게 부지런해졌다. 엄마가 장사를 마치고 돌아오면 아버지는 짐자전거에다 엄마를 태우고 시오리 남짓을 달려서 바다로 갔다. 그리고 썰물이 시작되기 바쁘게 갯벌에 들어가서 가래삽으로 개펄을 뒤적거리며 낙지를 잡았다. 엄마가 손전등을 옆에서 들어 주고 아버지가 삽질을 했다. 아버지는 주낙으로 낙지를 잡았던 어부라서 삽질은 서툴렀고 금방 힘들다고 손을 들었다. 하지만 나날이 기술이 늘었고 낙지도 많이 잡았다.

나는 고등학교 졸업반 때는 하숙집을 나와서 달방을 얻어 자취를 했다. 주로 부랑자들이 있는 그늘진 뒷골목의 여인숙이었다. 그 골목에는 취해서 쓰러져 있는 사람이 꼭 있었다. 그리고 방에서는 고래고래 소리치는 사람도 꼭 있었다. 하지만 그들이 내 공부에 방해가 되지는 않았다.

나를 힘들게 한 것은 배고픔이었다. 나는 쇠토막도 씹어

먹을 나이였는데 먹을 것이 없어서 굶는 날이 많았다. 물을 자주 마셨고 빵 하나를 오래 씹었다. 배고플 때마다 일용할 양식을 달라는 기도는 하지 않았다. 도리어 견뎌 보겠다는 고집이 강해졌다. 그런 고집이 내가 누군가와 맞서겠다는 옳지 못한 태도인 것만 같아서 불안했다. 그렇다고 삶의 시련을 누군가에게 의지해서 해결하고 싶지는 않았다. 누군가의 도움으로 사는 것은 비참한 것이었다. 그것도 평생을 그렇게 손 내밀고 사는 것은 비굴한 짓이었다. 기독교는 그런 비참함과 비굴함을 무시하는 종교였다.

나는 육체는 깡말랐지만 내면은 단단해졌다. 그 내면에 들어차 있는 것은 나의 의지였다. 그 의지가 나를 좋은 곳으로 이끌 것이라고 예감했다. 그 예감이 맞았다는 확신을 갖게 된 것은 대학에 합격한 순간이었다. 떨어지지 않으려고 하향지원한 대학의 정문에 걸린 합격자 명단에 내 이름이 있었다.

엄마가 겨우 마련해 준 돈으로 나는 대학에 등록했다. 그러고는 입학 전까지 두 달 정도를 집에 내려와서 보냈다. 그때 본 아버지와 엄마의 고생은 참담했다. 엄마는 그 좋아했던 기도도 많이 하지 못하고 돈벌이에 매달려 있었다. 내게 준 등록금은 엄마가 아버지에게 오토바이를 사 주려고 그날그날 조금씩 떼어 놓은 돈이었다.

나는 어디서 돈을 빌릴 수만 있다면 당장이라도 오토바이를 한 대 사고 싶었다. 아버지가 무거운 자전거로 밤길을 다니기란 여간 힘든 일이 아니었다. 읍내에서 바닷가까지는 길이 험했고 자동차들이 쌩쌩 달리는 국도를 지나가야 했다. 하지만 실제로 내가 할 수 있는 일은 아무것도 없었다.

공공도서관이 집 근처에 있었다. 나는 그곳을 드나들면서 불확실한 미래의 걱정을 덜어내고자 손에 잡히는 대로 책을 읽었다. 무엇을 할 것인가. 어떻게 살 것인가. 나는 그것을 책에서 발견하고자 했다. 엄마는 학기 때마다 등록금은 어떻게든 마련해 줄 수 있지만 생활하는 것은 내가 스스로 알아서 해야 한다고 했다. 그것은 정글에 들어가서 혼자서 살 집을 찾고 먹을 양식을 구해서 연명해야 한다는 것이었다.

나는 막막했지만 고등고시 합격생들의 수기를 읽다가 정글에서 생존법을 찾아내고 탄성을 질렀다. 무작정 상경해도 서울에서 곤란한 상황에 빠지지 않을 자신이 생겼다. 그때부터는 나태하게 방에서 뒹굴며 소일했다. 역시 조금이라도 힘이 생기고 먹고살 만해지면 태만해지는 것이 인간의 본성이었다. 그런 본성을 이기고 신앙을 한다는 것은 대단한 일이었다. 아버지가 그랬다.

"살려면 세상적인 것들은 끊어 버려야 한다."

아버지는 빈둥거리는 내가 못마땅했는지 꾸짖겠다는 태

도로 말했다. 좀처럼 싫은 소리를 하지 않았던 아버지의 성격이 그전과는 달라진 듯했다. 아버지의 말마따나 세상적인 것들과 작별했기 때문인 듯했다. 술과 방탕 그리고 게으름과 복수심 따위가 아버지에게는 믿음을 방해하는 세상적인 것들이었다.

"나는 내가 믿는다고 생각했는데 믿고 보니까 그게 아니더구나. 성령께서 나에게 믿도록 역사하셨던 거야. 그리고 지금 이 고생도 고생 같지가 않다. 우리더러 믿음 잃지 말라고 이 고생을 주시는 거다."

아버지가 성경을 깊이 이해하고 있을 줄은 몰랐다. 그리고 엄마가 할 법한 말을 할 줄은 몰랐다.

나는 아버지의 표정에서 믿음을 은혜이자 선물로 알고 감격해하고 있는 것을 읽었다. 그런데 속이 불편했다. 믿음의 길로 들어선 아버지는 결국 구원에 이를 것이다. 그러나 믿음을 거부한 나는 멸망할 것이다. 빤한 미래가 그려졌으니 나는 불안하기도 했다.

아버지가 엄마처럼 말했다. 그것은 불편이나 불안이 아니라 두려움이라고.

"아직은……."

나는 신앙을 저버리지 않았다고 말을 흐렸다. 하지만 흐린 말에는 젊은 나를 믿음으로 가둬 놓기는 아깝다는 소리가 숨어 있었다. 이제 막 시작된 젊음이었다. 어디로 튈지 모르는 공처럼 탄력을 뿜내며 세상 곳곳을 누벼 보고 싶다는 욕망이 솟구쳤다. 그래서 아직은 신앙하기 이른 때라고 속으로 외쳤다.

"살아 보면 알 거다."

아버지가 꾸짖고 싶지 않다는 듯 말한 후에 시선을 돌렸다.

대학에 가려고 고향을 떠나는 날이었다. 나는 읍내의 버스터미널로 갔다. 버스를 타고 가다가 다음 읍내에서 기차로 갈아탈 계획이었다.

터미널 옆에 새로 생긴 오토바이 가게가 눈에 띄었다. 나는 오토바이의 가격이나 알아보려고 가게를 기웃거렸다. 그러다가 나자빠질 뻔했다. 오토바이를 고치고 있던 청년이 낯이 익어서였다. 다행히도 그는 나를 알아보지 못했지만 나는 그를 잘 알고 있었다. 그는 윤 장로의 아들로 이름이 윤기철이었다. 내가 어렸을 적에 그는 동네 조무래기들을 찰흙처럼 주물럭대며 장난감 취급했던 자였다. 갑자기 밀려든 두려움에 내 몸이 뻣뻣해졌다.

윤 장로는 딸 둘에다 막내로 아들 하나를 두고 있었다. 내가 알기로 그의 아들은 고향의 선배들 사이에서 깡패로 유명했다. 한때 도시에 나가서 못된 짓을 하고 다닌다는 소문도 돌았다. 그런 그가 착실하게 살겠다고 기술을 배워 가게를 차려 놓고 일하고 있었다. 하지만 그의 눈빛에서 비열함 같은 것이 내비쳤다. 사람이 바뀌려면 어마어마한 고통을 겪어야 하고 자기 자신과 죽을 만큼 싸워야 한다고 나는 생각했다. 아버지가 그랬던 것처럼 말이다. 그렇지 않으면 사람은 언제라도 옛날의 자신으로 돌아가기 마련이다. 윤기철이 과연 달라졌겠는가. 나는 의구심을 품고 오토바이 가게에서 멀어졌다.

나는 윤기철이 우리 가족과 가까운 곳에다 둥지를 틀고 있다는 사실에 가슴이 두근거렸다. 그는 위험한 불씨였다. 잿더미 속에 아직 꺼지지 않고 살아 있는 불씨. 그것은 약한 바람에도 되살아난다. 악이란 그런 것이다.

나는 악을 떨쳐 버리고 싶어서 버스를 향해 세차게 뛰었다. 등 뒤에서 거센 불길이 나를 덮칠 기세로 따라오는 듯해서 마음이 급했다.

8

 서울에 도착해서 겨울의 마지막 전사들을 만났다. 꽃샘추위였다. 차가운 공기가 계절의 명령을 거부하며 주둔지를 떠나려 하지 않았다. 녀석이 뿜어내는 차가움에 나는 몸을 움츠렸다. 외로움과 쓸쓸함 그리고 낯섦에 위축된 내가 느낀 체감온도는 영하였다.

 역 광장 건너편에 줄지어 서 있는 고층건물들의 자태는 위협적이었다. 그것들이 내가 아주 먼 곳으로 떠나왔다는 것을 알려 주었다. 어둑해지는 하늘을 잠시 올려다보며 나는 고향과 가족으로부터 완전히 떨어졌다는 것을 새삼 깨달았다. 두렵지는 않았다. 나는 강하다고 속으로 속삭이며 걸음을 뗐다.

 사람들이 드문 길에 이르렀을 때는 소외된 기분이 들면서 조금 우울해졌다. 내가 떠나온 것은 고향과 부모님만이 아니었다. 나는 하나님을 떠나온 것이기도 했다. 그래서 소외된 것이지만 그것은 내가 내심 원했던 것이기도 했다. 그러므로 의지를 발휘해서 소외를 극복하기로 결심했다. 내가 뭔가를 할 수 있다는 가능성을 믿고 힘을 냈다.

나는 공중전화 옆에 매달린 두툼한 전화번호부를 뒤적거렸다. 그리고 거기서 몇 군데 신문보급소를 알아내고 전화를 걸었다. 그것은 내가 이미 계산에 넣어 온 서울에서의 생존법이었다.

당시에 조간신문은 새벽에야 인쇄가 끝났고 아침이 밝기 전에 서둘러 독자에게 배달을 마쳐야 했다. 신문보급소 입장에서는 그 시간이 촉박했고 배달원도 턱없이 부족해서 애를 먹었다. 그래서 신문보급소에서는 배달원들의 숙식을 해결해 주는 곳이 많았다. 신문보급소 내부나 혹은 근처에 배달원들의 숙소가 마련되어 있었고 끼니도 챙겨 먹을 수 있도록 식당도 차려 놓았다.

나는 전화 한 통화로 대학 근처에 있는 보급소를 찾아냈다. 사무실은 대학의 후문 주택가 귀퉁이에 자리한 작은 상가 건물에 있었다. 숙소는 그 건물 뒤편의 연립주택이었다. 운 좋게도 연립주택의 담장을 끼고 돌아가면 내가 다닐 인문대학이었다.

신문배달은 새벽 4시부터였다. 그 시각에 일어나는 것이 힘들다고 배달원들은 투덜거렸지만 나는 어렵지 않았다. 엄마가 새벽마다 기도를 하려고 일어날 때면 나도 눈을 떴기에 새벽잠이 없었던 것이다.

내가 어려워한 것은 낯선 곳의 지리를 익히는 것이었다. 이 골목과 저 골목이 너무도 비슷했다. 게다가 이 집과 저 집이 얼른 구분되지 않아서 헷갈렸다. 집마다 대문과 쪽문이 있는데 어느 집은 출입문이 아니라 창문 틈으로 신문을 넣어 주기도 해야 했다. 무려 이백 개가 넘는 집을 단숨에 익힌다는 것은 벅찬 일이었다. 새벽에만 돌아봐서는 다 알 수 없었다. 나는 낮에 배회하듯 동네를 돌아다니면서 지도를 그렸다. 그러고도 사흘이 지난 후에야 혼자서 신문을 돌릴 수 있었다.

나는 가방만 달랑 들고 서울에 와서 가뿐하게 안착한 셈이었다. 그 소식을 전화로 엄마에게 전했다.

"감사하다, 감사해."

엄마의 목소리에서 환한 빛이 흘러나왔다. 그 빛이 내게 어떻게 살아야 하는지와 무엇을 해야 하는지에 관한 말들을 늘어놓았다. 빤한 소리였다. 내가 쉽게 자리를 잡은 것은 나의 지혜와 의지였다. 그런데 엄마가 감사한 주체는 내가 아니었다. 나는 일상의 하찮은 것들마저 멀리 있는 신에게 감사하고 싶지는 않았다. 그러면서 무엇을 하며 어떻게 살

것인지도 신에게 의탁할 것이 아니라 내가 스스로 깨달아야 할 일이라고 생각했다.

나는 대학생이 되었다. 대학은 청춘의 해방공간이었고 지성의 자유지대였다. 거기서 나는 종교와 무관하게 흘러가는 세상을 보았다. 오래전부터 내가 품었던 생각이 틀리지 않았다. 종교와 신은 인간이 만든 철학이고 신념이라서 그것들에 얽매이지 않으면 인생에 그다지 고달픈 문제는 없는 것이었다. 괜히 심각해지고 심오할 필요가 없었다.

나는 밖으로 싸돌기보다는 도서관에 틀어박히는 것을 좋아했다. 형편이 좋지 않아서 여기저기를 기웃거린다는 것은 허영이자 사치였다. 읽고 싶은 책도 많았다. 우선은 책을 통해서 위안을 받고 의지를 다지고 싶었다. 그런 마음이 통했는지 프로이트를 만났고 러셀을 만났다. 그들이 기독교에 대해서 반감(反感)을 품고 외치는 말들이 적잖은 위안을 주었다. 나는 인정하지 않을 수 없었다. 종교란 두려움 때문에 생겨난 질병이며 인류가 앓는 보편적인 강박신경증이라는 것을. 그리고 종교적 믿음은 환상일 뿐이라는 것을. 나는 살고 싶었다. 그러기 위해서는 환상을 버리고 종교에서 발을 떼야 건강하고 성숙한 삶을 산다고 판단하기에 이르렀다.

책은 책으로 이어졌다. 말하자면 지금 읽는 책이 다음에 읽을 책을 알려 줬다는 것이다. 그래서 나는 니체를 읽었고 마르크스도 읽었다. 그들의 난해한 문장은 길을 잃은 듯 당황한 기분이 들게 했다. 그렇지만 마음은 편했다. 어릴 때부터 내 안에 스며들어 있던 기독교라는 절대적인 가치가 서서히 빛을 잃어 가고 있는 것을 느꼈기 때문이다. 그 빛이 사라졌다고 해서 어두운 것은 아니었다. 또 다른 빛이 비쳤기 때문이다.

나는 빛을 찾았다. 독서를 통해 내가 찾는 것이 바로 그것이었다. 알고 보니 세상을 비추는 빛은 참으로 다양했다. 기독교만이 유일한 빛이고 절대적인 진리일 수는 없었다. 나는 점점 돌처럼 단단해졌다. 그런데 가시 같은 것으로 단단한 나를 쿡쿡 찔러 대는 사람이 나타났다.

"그건 금방 사라질 빛이다. 그리고 그 자리에 어둠이 들어오지. 그렇다면 그건 빛이 아니었을 거다."

손(孫)이 나를 쏘아보며 말했다. 그는 늘 성경을 펼쳐 놓고 구시렁댄다고 해서 '손 목사' 또는 '손목'이라고 불렸다. 그를 비웃겠다는 듯 얕잡아서 부르는 호칭이었다. 그러나 나는 그가 나보다 열 살이나 많은 형이라서 함부로 대하지 않았다. 그는 늙수그레하게 생겼고 차림새도 꾀죄죄했으나 언제나 진지한 표정이었다.

아침에 신문배달을 마치고 숙소에 들어서면 손이 항상 방에 있었다. 그는 누구보다도 일찍 나서서 빠르게 배달을 마치고 돌아와 있는 것이었다. 그의 오전은 조간신문을 꼼꼼하게 읽는 것이었다. 마치 편집기자라도 되는 듯 글자 하나하나에 온 신경을 집중해서 읽었다. 그렇게 신문의 마지막 장을 넘기고 나면 성경을 폈다. 아마 성경도 그렇게 꼼꼼하게 읽는 듯했다. 내가 저녁 늦게 숙소로 돌아와서 잠자려고 할 때면 그의 성경은 여전히 펴져 있었다.

"그런 거 읽으면 불신앙의 불이 활활 타오르기라도 하는 거냐?"

손은 내가 대학도서관에서 빌려다 보는 책을 문제 삼으면서 나와 말을 튼 사이가 되었다. 내가 읽은 책을 그도 한때 읽었다는 눈치였다.

"부정의 부정으로 가다 보면 부정이 탄탄해질 것 같지만 그렇게 되지는 않을 것이다. 그러다가 자칫 사는 게 싫어져서 사는 것과 인간이기를 거부하게 될 수가 있지. 부정으로 가는 길의 종착지가 그렇다는 거야. 차라리 부정에서 긍정을 찾아보는 게 나을 거다. 아이러니하게도 그게 참 쉬운 방법이야."

손이 거침없이 내놓는 말에 나는 놀랐다. 그는 예사로운 사람이 아니었다. 나는 어둠 속에도 반딧불처럼 빛을 뿜어내는 그의 눈을 여러 번 봤다. 그 빛이 한 줌의 어둠이라도 나타난다면 즉각 덮쳐 버리겠다는 듯 반짝거렸다.

"죽고 싶은 사람은 없잖아? 사는 쪽을 택해야지."

그러면서 손은 부정은 사람을 약하게 하고 침몰시키지만 긍정은 오히려 살게 할 힘을 준다고 덧붙였다. 그런 말을 들을 때 나는 속이 뜨거워서 견디기 힘들었다. 그것이 바로 가시에 찔린 것이었다.

손은 외모와는 딴판으로 상당한 철학적 고민과 종교적 성찰을 하며 지내는 듯했다. 신문보급소의 청년들은 거의 다 공무원시험 합격이나 기술자격증 취득을 목표로 타향살이를 하고 있는 처지였다. 그런데 손은 뚜렷한 목표가 없이 빈둥거리며 지내는 듯했지만 사실은 그 누구보다 심각한 문제를 놓고 씨름하고 있었다. 나중에 알게 된 것이지만 그때 손은 신학대학을 다니다가 군대에 다녀온 이후에 복학하지 않고 있는 중이었다.

"내가 보기에 너는 신에게 사로잡히지 않으려고 몸부림치고 있는 것 같다. 그렇지?"

"……."

나를 꿰뚫어 보는 손의 말에는 절로 머리를 숙일 수밖에 없었다. 슬쩍 올려다본 깡마른 그의 얼굴에서 눈동자가 유난히도 빛났다. 그 빛은 내가 가끔 엄마의 눈동자를 마주 대할 때나 보았던 것이었다. 경외의 빛, 그 빛은 신앙의 열정이 넘치는 사람들에게만 있는 듯했다.

손은 나와 종교에 관해서 많은 대화를 나누고 싶어 했다. 하지만 내가 늘 핑계를 대며 거부했다. 대화를 하면 나는 그의 말에 나도 몰래 수긍하고 결국은 그를 따라서 교회에 나가게 될 것이 뻔해서였다. 그리고 아직 나의 부정이 성(城)처럼 단단하고 견고하지 못한 것을 알기 때문이기도 했다.

일요일 아침에 못 잤던 잠을 푹 자려고 누워 있으면 언제나 손이 내 머리맡에 앉아서 어깨를 툭툭 쳤다. 그는 깨끗하게 씻고 말쑥한 차림을 하고서 교회에 가자고 말했다.

"함께 가자. 믿음이 없으니까 인생이 모래성처럼 무가치하고 허무하잖아. 기쁨과 평화, 소망이 믿음에서 나온다. 믿음은 일단 들어야 생기는 것이고."

"그게 다 주관적인 감정이지 않습니까? 그리고 꼭 예수만이 그런 것을 줍니까? 다른 종교도 그런 감정을 기본으로 주는 거 아닙니까?"

나는 설교를 듣는 듯해서 반발의 목소리를 높였다.

"하지만 예수님을 믿고 얻는 기쁨과 소망은 결국 구원에 이르게 된다. 구원! 이 얼마나 은혜로운 말이냐. 이대로 죽을 수는 없잖아. 우린 구원받아야 할 존재들이야."

"구원이 기독교에만 있습니까?"

"당연하지. 만약에 타 종교에도 구원이 있다면 내가 열을 내서 찾아보고 나한테 맞는 것을 골라서 믿겠다. 아마도 예수님 믿는 것보다는 훨씬 쉬웠을 테니까. 너도 알다시피 예수님 믿는 것은 쉽지 않아. 머릿속에다 음욕만 품어도 죄인이잖아. 자기 마음에다 여자 하나 두고 있지 않은 남자가 없으니까. 죄를 생각만 해도 죄인이라면 세상에는 죄인뿐이지. 이 죄인들이 어떻게 해야 구원을 받을까? 어떤 종교가 구원을 해 줄 수 있을까?"

"……."

손은 구원에 대하여 외치기를 멈추지 않을 태세였다. 나는 대화를 하지 않겠다는 뜻으로 입을 굳게 다물었다.

나는 손과 종교에 관한 대화를 하지 않는 것이 좋았다. 내가 그를 말로써 이길 수 없었기 때문이다. 그리고 그의 말에 비판을 하다 보면 신성모독이라는 죄를 저지를 수도 있었기 때문이다. 언제나 그는 준비된 듯한 말을 술술 풀어놓아서 상대방의 입을 막아 버렸다. 거기에다 귀찮게도 참 길게 말해서 사람을 지루하게 했다. 그것은 기독교인들의 단점이었다.

손은 나를 관찰하고 있었다. 나는 그의 눈에 띄고 싶지 않아서 아침 일찍 숙소를 나섰다가 저녁 늦게 돌아오곤 했다.

나는 점점 세상에 묻혀 갔다. 대학가 곳곳에 적절한 타락과 유흥의 즐거움이 있었다. 당시만 해도 고등지식을 배우는 대학생이라는 이유만으로 허영과 오만을 부리면 받아

주는 곳이 많았다. 술도 마시게 되었고 친구들과 어울려 밤거리를 이리저리 휩쓸려 다니기도 했다. 그러다가 자정이 가까우면 손이 떠올라서 친구들 틈에서 허겁지겁 빠져나와 숙소로 돌아가곤 했다. 그가 내가 돌아오기를 애타게 기다리고 있을 것만 같았다. 그러고 보면 그는 나의 감시자였다. 나는 감시결과에 따라서 처벌이 내려질 것만 같아서 세상의 겉만 핥고 돌아온 것이었다.

나는 손의 감시에 속으로 깊이 감사한 적이 있었다. 그것은 숙소에서 함께 생활했던 내 또래의 배달원 한 명이 겪은 일 때문이었다. 녀석은 세상 깊이 들어가서 나오지 못하고 말았다. 녀석은 대입 재수생이었는데 밤길을 싸돌아다니기를 좋아하더니 범죄를 저지르고 말았다. 녀석을 체포했던 경찰관들에게 흘려들은 말로는 강도강간으로 징역을 살 것이라고 했다. 녀석과 어울렸다면 나도 불우해질 수 있었다.

장마가 시작될 무렵이었다. 나는 기말고사가 끝나서 친구들과 어울렸다가 늦게 숙소로 들어갔다. 그때까지 잠들지 않았는지 손은 벽에 등을 기대고 앉아 있었다.

"언제까지 타락할 거냐?"

손은 내가 풍기는 냄새를 맡더니 톡 쏘듯 말했다.

"이제 사람이 된 것 같은데 야단치지 마십시오."

나는 아무렇게나 쓰러져 누우면서 덤덤하게 대답했다.

"네가 사람이란 것을 잊지 않아서 다행이다."

손이 나를 안쓰럽게 바라보더니 슬그머니 다가와서 옆자리에 누웠다. 그러고는 내 쪽으로 고개를 돌렸다.

"나는 이제 돌아간다, 본래 내가 있어야 할 곳으로. 돌아가는 데 이렇게 오랜 시간이 걸릴 줄은 몰랐다. 너한테 꼭 주고 싶은 것이 있어. 내가 가고 없으면 보도록 해라. 듣고 있냐?"

"……."

나는 취기가 올라서 손이 작별의 말을 한다는 것도 모른 채 잠이 들고 말았다.

이튿날 새벽에 배달을 마치고 숙소로 돌아와 보니 손이 떠나고 없었다. 나는 허탈한 심정으로 늘 그가 있었던 자리를 오래 바라보았다.

신문보급소에서 배달원들의 작별이란 흔한 일이었다. 어떤 이들은 운동 삼아서 할 것 같았던 신문배달이 쉽지 않은 것을 알고서 사나흘 만에 떠났다. 심지어는 하룻밤만 자고 나서 간다는 말도 없이 도망치듯 사라지는 이들도 많았다. 하지만 나는 어느덧 2년 가까이 버티고 있었고 손은 무려 4년을 넘겼다. 그러니까 나와 손은 오랜 시간을 함께 지냈으니 꽤 친숙한 사이가 되었어야 했다. 그런데 내가 그에게 등을 돌리면서 데면데면한 사이로 지냈고 아무런 사이도 아니었다는 듯 헤어지고 말았다.

 손이 떠나고 없는 다음 날 밤이었다. 나는 사물함에서 그가 놓고 간 한 권의 책을 발견했다. 그 책 위에는 노란 쪽지 하나가 놓여 있었다. 거기에다 쓴 깨알 같은 글씨가 손의 목소리가 되어 들렸다.

 "어설픈 철학으로는 신을 부정하게 되지만 심오한 철학은 반드시 신을 만나게 된다."

 그런데 놀랍게도 신을 만나라면서 남겨 둔 책에는 온통 신을 부정하는 내용만 가득 차 있었다. 나는 그 책을 알고 있었다. 그것은 19세기 중반에 포이어바흐라는 독일의 철학자가 아주 작심하고 기독교의 모순을 파헤친 고전이었다. 그 책의 문장이 지루하고 난해해서 나는 읽지 못하고 있었다. 사실은 몇 번 읽으려고 시도했지만 얕은 지식을 탓하며 매번 포기했었다.

 나는 책을 쓱 훑었다. 손이 얼마나 열심히 읽었는지 책장마다 밑줄이 죽죽 그어져 있었다. 그렇다면 손은 자신이 봤던 책을 내게 주고 간 것이었다. 군데군데 메모도 남겨져 있었으니 나는 읽게 되면 포기하지 않고 끝까지 읽어 나갈 자신감이 들었다.

 다음 날부터 나는 그 책에 푹 빠져 지냈다. 읽는 속도도 그리 더디지는 않았다. 밑줄과 메모라는 흔적은 숫눈길에서 앞서간 이의 발자국 같은 것이었다. 나는 그것을 따라가기만 하면 되었다.

포이어바흐가 19세기에 독일 지식인들을 사로잡았던 것처럼 스물한 살의 나를 사로잡았다. 나는 그의 글에서 휴머니즘을 발견하고 매료되었다. 그는 기독교라는 수렁에 갇혀서 소외된 인간들을 해방시키고자 목소리를 높였다. 그 소리의 중심에 휴머니즘이 있었다. 나는 인간을 사랑한다면서도 인간을 고통 속에다 내버려 두는 신을 이해할 수 없었다. 고통을 즐기는 악성(惡性)을 지닌 신. 그 신이 인간에게 세상을 다스리라 해 놓고서 신본주의(神本主義)를 앞세우는 것도 이해할 수 없었다. 그것들이 모순이므로 종교를 부정해야 한다는 외침은 나를 개운하게 했다.

포이어바흐는 신앙이라는 것이 특수한 명예감과 자신감을 부여해서 신앙인이라면 다른 사람들보다 우월하다는 생각을 품게 한다고 했다. 윤 장로를 생각해 보면 맞는 말이었다. 그리고 교회는 다른 신앙을 가진 사람들이나 불신자들을 저주한다면서 신앙 속에 악이 자리 잡고 있다고도 했다. 고향교회에서 배척당한 엄마의 경우와 딱 들어맞는 말이었다. 책을 다 읽었을 때는 나의 성(城)이 견고해졌다. 기독교는 합리적인 짜깁기의 종교일 뿐이라는 생각도 단단해졌다.

그런데 궁금해졌다. 손이 왜 그토록 부정적인 책을 내게 주었는지. 신학도인 그가 무엇 때문에 불경스러운 책을 그토록 탐독했는지. 한 학기를 더 보낸 후에 군 입대를 하려고 고향으로 내려가는 길에도 그 궁금증은 풀리지 않았다.

고향 근처에 이르렀을 때였다. 불현듯 언젠가 읽은 적이 있는 어느 성자의 글이 떠올랐다. 성자는 불합리하니까 믿으며 추하니까 사랑한다고 했다. 그런 역설적인 깨달음으로 부정을 극복할 수는 없을 것이다. 하지만 그런 깨달음에 이른 자가 퇴보하지 않고 전진해 나가는 모습이 보였다. 그 어떤 상황에서도 전진을 멈추지 않는다는 것이 위대해 보였다. 손은 전진하는 사람이었다. 내가 없는 동안에 엄마도 그랬다.

나는 입대를 보름쯤 남겨 두고 엄마의 집을 찾았다. 고향의 풍경이 낯설었다. 방학 때마다 이틀쯤 내려왔다가 돌아가곤 했지만 오래 떨어져 지냈던 탓에 가족들도 낯설었다. 고등학생이 된 여동생은 몸이 달라져서 몰라볼 정도였다.

성탄절을 보내고 새해를 맞으면서 아버지와 엄마는 무척 바빴다. 교회에서 준비해야 할 일들이 많았기 때문이다.

교회에 교인은 많아도 일꾼은 두 사람뿐인 듯했다. 하기야 사람이라면 대접받기를 좋아하지 섬기려고 하지 않는다. 그러므로 인간의 정상적인 본성이 아버지와 엄마한테는 없었다. 그것을 잃어버린 것인지 스스로 버린 것인지는 모르겠다. 아무튼 신앙 때문에 뭔가 뒤틀린 삶을 살고 있는 것만은 분명했다. 나는 두 분의 그런 모습이 안타깝기만 했다.

훈련소 입소를 하루 앞둔 날에 머리를 짧게 잘랐다. 뭔가 중요한 것을 버린 기분. 그 기분에 잠시 멍해졌다.

엄마는 저녁밥상에 일부러 팔지 않고 가져온 생선을 내놓았다. 고향 바다에서 겨울철에만 잠깐 얻을 수 있는 귀한 해초도 무침으로 나왔다. 내가 어릴 적에 좋아했던 반찬이었다.

밥상에서 아버지는 군 복무라는 것은 본래 고생하는 것이라며 각오를 단단히 하라고 말했다. 이 땅에 태어나서 한 번쯤은 나라를 위해서 사는 것이 당연하다는 말도 했다.

엄마는 가만히 듣기만 했다. 그러다가 내가 숟가락을 놓는 순간에 기다렸다는 듯이 입을 열었다.

"기독교는 종교가 아니다!"

엄마가 내 속을 꿰뚫어 보는 듯이 말했다. 놀랍게도 내 머릿속에 들어 있는 부정한 생각들을 엄하게 꾸짖었다. 그리고 내 수준에 맞는 언어를 사용했다.

"기독교를 고등종교라고 한다마는 세상을 만든 하나님을 종교로 섬겨서는 안 된다. 그분이 나를 지으셨고, 나를 위해서 피 흘려 죽으셨다. 그 분이 바로 나의 유일한 주인이야. 그러니까 형식을 따지고 예를 갖추고 하는 따위의 종교로 섬겨야할 분이 아니란 말이다. 종교니까 믿을 수도 있고 안

믿을 수도 있는 분이라고 생각하는 모양인데 그게 다 속임수다. 속지 마. 그분은 나의 아버지다. 생명을 주신 분이란 말이다. 우리는 아버지를 그리워하는 자녀가 되어야 한다. 종교가 아니란 말이다."

나는 발가벗겨진 기분에 부끄러웠다. 하지만 속에 감춘 것을 숨기지 않고 내놓고 싶어졌다.

"그럼 자녀가 된다는 게 왜 그렇게 어려운가요?"

나는 엄마의 신앙이 언제나 위험을 불러들였다는 것을 문제 삼고 싶었다. 엄마의 말마따나 믿는다는 것이 아버지와 자녀의 관계라면 그렇게까지 힘들 수는 없다는 것이 나의 생각이었다.

"방해자들 때문이다. 내가 아버지에게 못 가도록 방해하는 자들 말이다. 그 방해자들이 이 세상을 주관하고 있는 거야. 그건 교묘하게도 어둠이면서 빛의 행세를 해서 사람을 미혹시킨다. 미혹에 넘어가선 안 된다. 잘 분별하고 맞서야 한다. 하나님을 믿기로 작정했다면 싸워야 한다. 끝까지 싸우면 반드시 승리한다. 그런데 말이야, 종교로 믿어서는 절대 못 이긴다. 어쩌면 종교라는 것도 저들이 속임수로 만들어 낸 말일 게다."

엄마가 말한 방해자는 사탄이었다. 사탄은 귀신들의 우두머리로 하나님을 대적하는 악한 영이다. 나는 이미 사탄의

편에 있었는지 엄마의 말이 가슴에 와닿지 않았다.

"각오해야 한다. 나는 내 아들이 지옥 가는 것을 볼 수가 없다. 지옥은 들어가면 빠져나올 길이 없는 곳이야. 영원한 곳이라고. 며칠 지나면 나갈 거라고, 그런 기대는 아예 할 수가 없다고."

엄마는 손바닥으로 내 가슴을 치며 지옥을 말했다. 그렇게 끔찍한 말과 세찬 손길로 나를 깨트리고자 했다. 그러나 나는 얼음처럼 단단하게 굳어 있었다.

엄마는 아버지가 마침내 사탄을 이길 능력을 갖게 되었다고 했다. 그 능력을 나도 가져야 산다고 말했다. 그 능력이 빛과 어둠을 분별하고 결국은 구원을 이룰 것이라고도 했다.

나는 엄마의 목소리가 커지는 것을 원하지 않았다. 그래서 군대에 가서 노력하겠다고 얼버무리고 말았다.

구원에 관해서라면 나는 이미 생각이 굳어져 있었다. 내가 나를 구원할 것이라고. 내 의지가 나를 인도할 것이라고. 말하자면 자력(自力)을 믿었다. 사실 버티고 견디는 것은 내가 해야 할 일이었다. 그 누구에게 맡기거나 절대자의 도움을 바랄 일이 아니었다. 그 힘을 기르는 곳으로 군대가 최적지라고 생각했다. 그래서 나는 군대에 가는 것이 전혀 두렵지 않았다.

9

  훈련병들은 남몰래 고통의 눈물을 흘렸다. 끊임없는 훈련으로 육체는 지칠 대로 지쳤다. 게다가 늘 허기가 졌으며 잠자리도 불편했으니 그럴 만도 했다. 그러나 나는 육체적 고통을 몰랐다. 그런 고통이라면 이미 입대 전에 겪어 봤기에 아무렇지도 않았다. 단련되었다고나 할까. 아무튼 나는 즐거운 훈련병이었다. 대장간의 쇠붙이처럼 단련된 나는 칼이 되어도 좋았고 연장이 되어도 좋았다.

  훈련소를 떠나는 밤이었다. 차가운 바람에 눈송이가 섞여 있었다. 나는 긴 호송열차의 끝 칸에 앉았다. 그리고 날이 밝은 후에야 기차에서 내렸다. 밤새 내린 눈에 세상은 보이지 않았다.

  나는 최전방 소총수가 되었다. 적과의 거리가 너무 가까워서 처음에는 두려움에 잠을 설치곤 했다. 하지만 환경에

대한 적응은 빨랐고 삭막한 풍경도 익숙해지자 한적한 고향들녘이 되었다.

나를 불편하게 한 것은 종교였다. 내 속에 너무 깊게 자리 잡은 종교적 본성이 고요한 시간이면 나를 괴롭혔다. 고요한 시간과 종교는 묘하게도 잘 어울렸다. 고즈넉한 풍경도 마찬가지였다.

군대는 종교를 선택할 수 있도록 잘 준비해 둔 곳이었다. 기독교, 천주교, 불교의 종교행사가 매주 있었고 교회와 성당과 법당이 한곳에 나란히 있었다. 나는 초임병 시절에 성당도 가 보았고 법당도 가 보았다. 그러면서 문득 그런 생각이 들었다. 아마도 세상 어디선가 누군가가 새로운 종교를 만들고 있을 것이며 전 인류가 숭배할 위대한 종교는 아직 만들어지지 못한 것이라고. 말하자면 누구라도 납득할 만한 신은 아직 만들어지지 못했으므로 기독교의 하나님만이 유일한 신이라고 단정하는 것은 성급한 결론일지도 모른다고.

그런데 내 생각이 틀렸다고 외치는 자가 나타났다. 나의 후임병이었던 김 일병이었다. 그는 나이가 나보다 두 살이나 어렸으니 고등학교를 졸업하자마자 입대한 녀석이었다.

"아닙니다. 이 땅에 신은 오직 한 분이십니다! 바로 천지를 창조하신 분이 그분이십니다. 그 어떤 종교에서 천지를 창조했다고 하던가요? 기독교뿐입니다."

엄마가 나를 꿰뚫어 보며 했던 말과 다르지 않았다. 그 말에 나는 군홧발로 발목을 걷어차인 듯했다. 엄마가 언뜻 보여서 기분이 상하지는 않았지만 속은 불편했다.

김 일병은 마른 체형에 체구도 작았다. 팔과 다리가 병약한 소녀마냥 가늘어서 군장의 무게를 견디지 못했다. 그의 체격은 군 복무 부적격자였다. 그런데 그는 자신이 못하는 게 없다는 태도였다. 훈련 중에 다리를 후들거리다가 쓰러지는 일이 다반사였다. 쓰러졌다가 다시 일어서기는 쉬운 일이 아니었다. 하지만 그때마다 그는 기어코 일어나서 다시 하겠다고 달려들곤 했다. 아마도 몸은 약하지만 정신력은 그 누구보다도 강한 듯했다. 그의 그런 점을 나는 좋게 봤다.

그러나 고참병들은 김 일병을 '고문관'이라 부르며 어수룩한 졸병으로 취급하기 일쑤였다. 군대라는 집단에서 혀는 칼이고 창이었다. 그는 하루에도 몇 번씩 그 칼에 베였고 그 창에 찔렸다.

나는 그때 알았다. 인간의 악성이란 누군가가 약하다는 것을 알면 집요하게 괴롭히는 특징이 있다는 것을. 그리고 이상하게도 누군가가 종교심이 두터운 것을 보면 그것을 꺾어 버리고 짓밟고 싶어 한다는 것을. 자세히 살펴보니 김 일병이 심하게 당했던 가장 큰 이유는 연약한 육체가 아니라 기독교라는 종교 때문이었다. 그가 입만 열면 성경을 말하고 예수님을 말하는 것도 문제였다.

김 일병은 잘 참아 냈다. 만약에 그가 참을성이 없었다면 초소근무를 나설 때마다 들고 나가는 총과 수류탄으로 큰 사고를 저질렀을 수도 있었다. 그의 인내력에서도 엄마의 모습이 비쳤다.

"고난이 끝이 없지?"

야간 초소에서 내가 물었다.

"저는 끝이 보입니다."

김 일병이 환하게 웃으며 말했다.

나는 고참병들을 대신하여 그를 다독거리고 사과도 했다. 직접적인 가해사는 아니었지만 방관자도 가해자나 다름없었다. 그래서 고통을 주는 것이 미안하다고 속삭였다.

"괜찮습니다. 박해와 핍박이 저를 더욱 강하게 해 주고 있습니다."

김 일병의 반응은 의외였다. 그는 자신이 당하는 고난을 박해와 핍박으로 해석했다. 그리고 자신은 진실한 믿음을 갖고 있으므로 박해와 핍박이 끊이지 않을 것이라고 내다봤다. 나중에는 그것이 오히려 자랑거리가 될 것이라고도 했다. 그가 말한 나중은 죽은 후였다.

"저기 보세요. 빛이 솟아나고 있습니다. 이 순간에 저는 가슴이 마구 뜁니다."

동트는 새벽이면 김 일병은 동편 산마루 위로 솟아난 한 줄기 빛을 보며 소리쳤다. 그 빛은 야금야금 변색의 과정을 거쳤다. 노란색을 띠었다가 주홍색으로 바뀌었고 곧이어 붉은빛을 뿜어냈다. 그러다가 순식간에 세상이 눈부시게 환해졌다. 그 빛은 내가 보기에는 신비롭지 않았고 그저 자연현상일 뿐이었다. 그런데 김 일병은 다르게 보면서 그 빛에다 구원의 의미를 더하곤 했다.

"빛이 등장하는 모습이 웅장하지 않습니까? 단숨에 어둠을 사리지게 하는 것을 보십시오. 생명의 에너지라서 죽음 따위를 아주 간단하게 물리친단 말입니다. 그래서 살았다, 구원받았다, 이런 생각이 들면서……."

나는 진력나게 들은 소리라서 귀를 닫고 뒤돌아섰다.

김 일병은 매번 중요한 말을 하지 못한 것이 아쉽다는 표정이었다. 내가 들어주지 않아서 아쉬운 것이 아니었다. 그의 내면에 쌓여 있는 그 많은 소리들이 적절한 표현을 만나지 못해서 서운한 듯했다.

사실 나는 김 일병이 빛을 이야기하면 엄마가 생각나서 듣기 싫었다. 현실적으로 엄마에게 찾아온 빛은 구원이 아니었다. 또 하루를 밝힐 것이니 고난에 허덕여 보라고 찾아온 것이었다. 그러니까 엄마는 매일매일 고난을 받고 있었다. 그날그날 받을 고난이 있었다.

나는 엄마의 고난을 되짚어 봤다. 엄마는 세상과 다른 뜻을 품었기에 고난의 세월을 살고 있었다. 어쩌면 세상으로부터 완전히 등을 돌려야만 그 고난이 사라질 듯했다. 아니다. 고난이 사라진 것이 아니라 무감각 상태가 될 것이라고 생각했다. 그래야만 고난을 견딜 것이라고 봤다. 엄마를 생각하면 뭔가 묵직한 것이 가슴에 내려앉았다.

나는 부대 밖으로 외출을 나갔을 때 엄마에게 전화를 걸었다. 간단하게 안부나 물으려다가 고통을 쭉 늘어놓고 말았다. 나의 가장 큰 고통은 복 받기는커녕 고난만 당하는 엄마의 모습이 떠오르는 것이었다. 그리고 이 땅에서 사는 동안 고난받고 살아야 진정한 삶을 산다고 말하는 신은 믿음이 가지 않고 믿기도 싫다는 것이었다. 믿어야 한다는 것도 믿지 않아야 한다는 것도 고통이었다.

"그게 뭔 소리냐? 네가 군대에서 뭐에 미혹되었구나."

엄마는 당혹스러워하다가 냉정하게 목소리를 높였다.

"내가 믿어 보니까, 진짜 복은 하나님과의 관계더라. 관계가 좋아지는 것이 복이란 말이다. 하나님께 뭔가를 얻겠다는 것, 하나님이 뭔가를 준다는 것은 아니란 말이야."

나는 귀를 후볐다. 엄마가 말하는 복은 현실에서는 없는 것이었다. 그런 복은 인생에 양분이 될 수 없는 것이라서 관심도 없었다.

"고난은 나를 키우시는 그분의 뜻이야. 고난 없이 내가 어떻게 믿음을 지켜 가겠냐? 믿으라고, 끝까지 잘 믿으라고 고난이 따라붙는 것이야. 망나니 같은 어린 애를 제멋대로 둘 수가 있겠냐? 늘 곁에서 지켜 주면서 꾸짖기도 하고 채찍도 해야지. 그것을 고난이라고 해석하면 쓰겠느냐? 고난이 아니라 살펴 주는 것이야."

예상했던 말이었다. 엄마의 신앙은 육신과는 무관하고 영혼에만 초점을 맞추고 있었다. 영혼이 복을 받았으면 되는 것이고 육신의 복은 부산물정도로 취급했다. 그랬으니 인생의 복은 있어도 그만 없어도 그만이었다. 이 세상에서 육체와 분리되어 영혼만 따로 살고 있다면 충분히 납득할 만한 말이었다. 그러나 영혼은 육체라는 옷을 입고 있었다. 그 옷이 찢기고 헐도록 나는 가만둘 수 없었다.

나는 육신의 고난은 받고 싶지 않았다. 내가 살아야 할 인생에 고난이 끊이지 않는다면 견딜 수 없을 것 같았다. 고난을 준 것이 신이라면 멀리하면 되는 것이다. 신도 아주 먼 곳에 있다. 지구라는 작은 별을 잊어버리고 우주 밖으로 떠돌고 있다. 그러므로 나는 강해져야 한다. 내가 나의 신이 되어야 한다. 소총을 쥘 때마다 내 손에 힘이 잔뜩 들어갔다.

계급이 올라갈수록 나의 믿음은 바닥에 떨어졌다. 어차피 내가 가진 믿음이 아니었다. 엄마의 아들로 자라면서 주입된 것이었다. 그런 생각이 굳어질수록 이상하게도 등이 무거워졌다. 나는 새우처럼 등이 굽어 버린 것 같았다. 누가 볼 때면 꼿꼿하게 서 있었지만 혼자 있을 때는 언제나 새우였다.

나는 내무반 서열이 좋지 않아서 상병 때까지 고생을 했다. 병장이 되자 겨우 고생을 면했다. 나보다 다섯 달이나 후임이었던 김 일병의 고생은 더 심했다. 그래도 시간은 잘도 흘러갔다. 국방부 시계는 거꾸로 매달아 놓아도 잘만 간다는 우스갯소리는 틀린 말이 아니었다.

전역을 석 달쯤 남겨 두었을 때에 아버지가 돌아가셨다는 소식을 들었다. 그 소식에 눈이 침침해지더니 심장이 떨어질 것 같았다. 나는 동부전선에서 군용 지프와 완행버스, 고속버스, 기차를 번갈아 타며 부지런히 달렸다. 고향에 도착했을 때는 한밤중이었다.

아버지의 죽음이 정상적이지 않았는데도 엄마는 담담했다. 그렇게 담담할 수 있었던 것은 마지막으로 본 아버지의 얼굴에서 환한 빛을 보았기 때문이라고 했다. 그 빛이 나는 보이지 않았다.

아버지의 죽음은 믿었던 하나님에게 버림을 받기라도 한 듯 끔찍했고 비참했다. 아버지는 집 옆의 방죽에서 변사체로 발견되었다. 경찰의 수사는 지지부진했다. 단서가 될 만한 것은 방죽 주변에 남아 있는 오토바이 바큇자국과 운동화 발자국뿐이었다. 나는 시골 경찰관들의 수사태도가 못마땅했다. 그들은 아무것도 알아내지 못한 채 시간이 흐르면 서류 한두 장으로 사건을 적당히 종결지을 것이 뻔했다.

읍내 외곽의 야트막한 산자락에 있는 장례식장은 적막했다. 거기서 엄마는 내가 모르는 아버지의 마지막 몇 년을 이야기했다.

"즐거운 고생이었다고 말했단다."

아버지가 고생이 즐거웠다고 술회했던 때는 교회의 땅 문제가 마침내 해결된 날이었다. 빚을 다 갚았고 땅의 소유주가 교회가 된 것이었다.

엄마는 아버지에게 밤에 낙지 잡는 일을 그만하자고 했단다. 아버지는 그러자고 해 놓고도 혼자서 몰래 밤바다에 다녀오곤 했다. 조금 더 해서 내가 제대하면 학비도 대 주고 엄마에게는 장터에다 가게 하나를 내주고 싶다고 했다. 그 많던 교회 빚을 다 갚고 보니까 돈벌이에 자신이 생겼다고 했다. 아버지는 궂은날이나 교회에서 무슨 행사가 있을 때에나 바다에 가지 않았다. 그런 날 새벽에는 엄마와 함께 교회에 나가서 한 시간씩 기도도 했다. 은혜를 알았고 눈물도 흘렸다. 아버지는 고향의 광규 아저씨가 제발 적당히 믿으라고 종용할 정도로 열심이었다.

엄마는 아버지의 영정 사진 앞에 성경을 펴 놓았다. 아버지가 바다에 나가기 전에 언제나 읽었던 부분이라고 했다. 나는 펼쳐진 성경을 쓱 훑었다. 그것은 예수님이 부활한 후에 디베랴 호수에서 고기 잡는 베드로를 찾아온 장면이었다. 밤새도록 물고기 한 마리도 잡지 못한 베드로에게 예수님은 그물을 던질 방향을 일러 주었다. 그 말을 믿고 그물을 던진 베드로는 그물이 찢어질 정도로 많은 물고기를 잡았다.

"신앙의 단계가 달라졌다! 아버지가 말이다, 깊은 단계까지 들어간 것이야."

내가 성경에서 눈을 떼려는 순간에 엄마가 말했다. 그리고 어부 베드로가 고기 잡는 장면만을 좋아했던 아버지가 나중에는 다음 장면을 더 좋아했다고 말했다.

나는 다시 성경을 봤다. 예수님이 베드로에게 물고기를 구워 주는 장면이 이어졌다. 그때 예수님은 베드로에게 같은 질문을 세 번씩이나 했다. 네가 나를 사랑하느냐고. 나는 그것이 뭐 그렇게 중요하냐는 듯 찡그린 얼굴로 성경에서 눈을 뗐다. 그것으로 아버지의 신앙을 판단하는 이유도 알고 싶지 않았다.

장례를 치른 다음 날이었다. 뜻밖에도 경찰에서 범인을 잡았다고 전해 왔다. 나는 엄마에게 알릴까 하다가 혼자서 경찰서로 뛰어갔다. 엄마한테는 나중에 알리는 것이 좋겠다는 생각이 들었다.

경찰서에 들어간 나는 흠칫 놀라고 말았다. 윤 장로의 아들인 윤기철이 형사 앞에 앉아 있었기 때문이었다. 오토바이를 수리하던 그의 기름때 묻은 검은 손에 수갑이 채워져 있었다. 그는 경찰의 조사를 받으면서도 칼날 같은 눈을 부라렸고 이를 갈고 있었다. 나는 설마 윤기철이 아버지를 죽인 범인이라고는 생각하지 않았다.

경찰관이 나를 한쪽으로 데려가서 범행의 전말을 알려 주었다. 한 여자가 찾아와서 고발을 해 준 덕분에 범인을 검거할 수 있었다고 했다. 그 여자는 아버지가 죽은 날 밤에 사내에게 끌려가서 강간을 당할 뻔했다. 사내가 일을 제대로 못 치른 것은 하필 그때 아버지가 방죽에 나타났기 때문이었다. 아버지는 밤바다에 갔다가 돌아오는 길이었다. 자전거에는 낙지를 담은 바구니와 가래삽 한 자루가 실려 있었다. 여자의 비명 소리를 들은 아버지는 자전거에서 삽을 꺼내 들고 능수버들이 있는 곳으로 달려갔다. 그리고 사내와 난투극을 벌이다가 사내에게 삽을 빼앗기고 말았다. 그 삽이 아버지를 중태에 빠트렸다. 나는 더 듣고 싶지 않다며 일어났다.

"저 새끼가 그랬나요?"

나는 눌러쓰고 있던 군모를 벗어 들고 물었다.

경찰관이 그렇다고 고개를 끄덕였다.

나는 단숨에 달려가서 군홧발로 윤기철을 짓밟아 버리고 싶었다. 군대를 거치면서 깡이 생긴 나는 더 이상은 사람이 두렵지 않았다.

잽싸게 뛰어온 경찰관이 나를 가로막았다. 그리고 내 팔을 강하게 붙잡았다. 그가 진정하라는 말을 하다가 나를 놓아주었을 때는 윤기철이 보이지 않았다. 아마도 그는 유치장으로 옮겨진 듯했다.

집으로 돌아가서 엄마에게 범인에 대하여 차마 말하지 못했다. 윤 장로와 지독한 악연이라고 속으로 생각하고만 말았다. 그러나 생각할수록 속이 뒤틀리고 혼란스러웠다. 눈에 보이는 것을 마구 때려 부수고 싶었고 내 몸을 만신창이가 되도록 내던져 버리고도 싶었다. 가학과 자학을 오가는 마음에서는 한숨만 푹푹 나왔다.

문득 오래전에 엄마가 했던 예언이 떠올랐다. 엄마는 악한 영에 대해서 말을 하다가 예언을 했었다. 윤 장로의 집에 살인과 강도가 끊이지 않을 거라고. 그 예언이 떠오르면서 나는 심하게 몸을 떨다가 한 가지 의문이 들었다. 살인을 예언했던 엄마가 그 살인의 대상이 아버지가 될 줄은 왜 몰랐던 것일까. 생각할수록 의문이었다. 그것은 예언이 완전하지 않다고 보면 그만이었다. 하지만 나는 예언자가 여러 면을 두루 보지 못했다고 생각했다. 엄마는 너무 종교적인 것에만 몰두하다 보니 인간의 다른 면을 몰랐던 것이다. 역시 기독교인은 인간으로서 미흡한 면이 많았다. 하나님도 그것을 어찌할 수 없으니 인간의 삶은 고통이며 고난이었다.

"고난이 끝이 없어서 힘드시죠?"

나는 엄마를 위로한답시고 차분한 목소리로 물었다.

"내가 항상 말하잖아. 어차피 고난받고 살 작정을 해서 아무렇지도 않다."

엄마는 성경을 만지작거리며 담담하게 말했다.

나는 엄마가 고난의 원인을 어떻게 이해하고 있는지 궁금해졌다. 내가 읽은 책에서는 인간이 고난을 겪는 것은 죄 때문이거나 세상이 악하기 때문이라고 설명했다. 이 설명을 신학자들과 설교자들은 고난을 통과하면 믿음이 강해지고 온전해진다고 풀어놓았다. 그런 글을 읽으면서 나는 인간의 냄새가 나지 않는 신학과 인간을 단련시키려는 신의 악취미에 분노했다.

"그런데 말이죠. 예수님이 우리 대신에 수난을 당하고 죽기까지 했는데 왜 우리는 이렇게 여전히 고난과 풍파에서 헤어나지를 못하는 겁니까?"

나는 예전에 품었던 분노가 다시 끓어오르는 것을 느끼며 물었다. 지극히 고전적이고 상투적인 그 물음에 엄마가 뭐라고 대답할지 내심 기대가 되었다. 종교에 관심 두지 않기로 했지만 고난의 문제는 한번쯤 짚고 넘어가야 할 것이었다.

엄마는 망설임도 없이 입을 열었다.

"예수님이 우리를 대신해서 고난을 받으셨고, 우리를 위해서 죽으셨다고만 생각하면 너의 고민은 끝이 없을 것 같다. 예수님은 우리를 대신했고 우리를 위해서 이 땅에 오셨다가 죽으신 것은 틀림없다. 그런데 말이다, 그렇게만 생각하지 말고, 예수님이 우리와 함께 고난을 받았다고 생각해 봐라. 우리와 함께 고난을 받고 또 우리와 함께 죽으셨다고 말이다."

평범한 대답이었다. 엄마는 예수님이 고난의 인간들을 보면서 아프고 아파하다가 최고의 사랑을 보여 준 것이 십자가의 죽음이라고 덧붙였다. 그러다가 갑자기 뭔가 기발한 생각이 떠올랐다는 듯 무릎을 탁 쳤다.

"그랬겠다! 그래야 부활이 나의 승리가 되겠다! 예수님은 나와 함께 죽었고 나와 함께 사신 거다! 잘 생각해 봐라. 우린 지금 죽어 가고 있는 거야. 피 흘리는 게 당연한 거야. 우리도 주님처럼 다 쏟아 내야지. 죽어 가는 사람이 뭘 바라겠냐?"

피를 말하면서도 엄마의 얼굴은 환하기만 했다.

나는 고난을 극복할 방법은 죽는 것이라는 소리에 우울해졌다. 우울한 마음에 화가 났다. 내 앞날에 닥칠 고난을 외면하거나 회피할 수도 없을 것 같아서 화가 점점 거세졌다.

엄마가 무슨 말을 해도 들리지 않았다. 내 마음은 태풍이 찾아온 바다가 되고 말았다. 화를 누군가에게 풀어야만 진정될 성싶었다. 그것이 누구겠는가. 바로 아버지를 죽인 범죄자였다. 악은 징벌하는 것도 좋지만 제거하는 것이 더 좋다. 제거의 방법은 그 악을 능가하는 거대한 악이어야 한다. 나는 그렇게 생각했다. 그리고 악마를 상대하기 위해서 악마가 되기로 작정했다.

나는 부대에 복귀하면 무장탈영을 해서라도 살인자에게 보복을 가하고 싶어졌다. 보복하고 속 시원하게 살아라. 참으면 속병을 앓게 될 거야. 가슴에서 들리는 소리에 나는 어깨를 들썩거렸다. 어둠의 속삭임이었다. 내 안에 들어온 어둠이 풍랑처럼 일렁거렸다. 이제 내가 행동에 나설 차례였다. 전투 훈련으로 다져진 나는 어느새 뚝심도 생겼다. 그 뚝심으로 기어코 범죄자에게 마땅한 벌을 내리고 싶어졌다.

엄마를 홀로 두고 부대로 복귀하는 날은 마음이 심란했다. 엄마에 대한 염려는 없었다. 그 어떤 환경에서도 적응하고 일어설 엄마였다. 문제는 나였다. 아들로서 아무것도 하지 못하고 돌아가는 내가 무기력하고 하찮은 존재로밖에 생각되지 않았다. 스스로에게 화가 났다. 그럴수록 더 크게 분노해야 한다고 어둠이 속삭였다.

부대로 돌아가는 길에 기차를 탔다. 느리게 달리는 기차는 자주 덜컹거렸고 내 가슴은 난로 위에 올려 둔 주전자 뚜껑처럼 들썩거렸다. 그러다가 내가 조금 평온해진 것은 경춘선 열차에 올랐을 때였다.

나는 창밖만 뚫어지게 보며 옆 좌석으로는 고개도 돌리지 않았다. 그러다가 옆자리의 여자가 말을 걸었을 때 깜짝 놀랐다.

그녀는 붉은색 점퍼에 윤기가 흐르는 단발머리였다. 그 윤기가 얼굴과 손등에서도 묻어났다.

"열이 막 뿜어져 나오네요."

그녀는 내가 곁에 있어서 덥다는 듯 손부채질을 했다. 내 몸에서 뿜어져 나오는 열을 그녀가 감지한 것이었다.

"사람 죽이게 생겼네요."

그녀가 다시 한 말에 나는 놀랐다. 나는 낯선 이의 마음을 느낄 수 있는 사람이라면 관심이 갔다. 그래서 놀란 표정을 감추며 나직하게 물었다.

"어떻게 해야 됩니까?"

"사랑을… 하세요. 사랑 말고는 방법이 없을 것 같네요."

당돌한 대답이었다. 그녀는 말끝에 차창으로 시선을 돌렸다.

나는 잠시 황당한 표정을 지었다. 그러다가 사랑에 대하여 곰곰이 생각하면서 표정이 바뀌었다.

사랑이란 말은 명사가 아니다. 동사이거나 형용사가 맞을 것이다. 사랑은 행위이면서 상태이기 때문이다. 행위란 흐르고 있다는 것이다. 호수에 고여 있는 물이 아니라 흐르는 강물이라는 것이다. 상태란 애틋한 마음이다. 그런 마음에서 우러나는 것이야말로 진실한 것이다. 진실은 사랑의 심장이 멈추지 않고 뛰게 하는 것이다. 사랑이라는 추상적인 말은 생각하면 생각할수록 그 뜻이 오묘하고 깊어졌다.

마침내 나는 용서를 생각했다. 사랑을 할 때 중요한 것이 순수한 마음이었다. 그 마음에는 미움이란 것이 없고 오로지 용서만 있어야 한다고 생각했다. 용서의 마음이 오랜만에 나를 찾아왔다. 나는 사랑이 분노를 녹이고 두려움도 녹이는 강력한 것이라고 새삼 깨달았다. 용서가 하는 일이 그런 것이었다.

나는 사랑이 어떤 구체적인 형태로 다가올 듯해서 슬며시 눈을 감았다가 떴다. 그때 창밖으로 지나가는 풍경들이 그 형태를 보여 주려고 애쓰는 듯 보였다.

기차는 강물을 흘러가는 듯 조용했다. 나는 살짝 옆을 보았다. 그녀의 분홍빛 입술에서 무슨 말이 더 나올 것도 같았다.

"사랑을 잘 모르죠?"

그녀가 약간 붉어진 얼굴로 떠보듯 물었다.

"아직은……."

나는 말을 잇지 못하다가 용기를 냈다. 어디서 그런 용기가 나왔는지 모르겠다.

"이제는 알고 싶습니다, 사랑을."

"실은 저도 그래요."

그렇게 짧은 대화로 사랑의 문이 열리게 될 줄은 몰랐다. 내 안에서 처음으로 연애의 감정이 돋아났다. 봄날의 새순 같은 풋풋한 감정이었다. 그것이 그녀에게 시냇물처럼 흘러가고 있었다.

꿈을 꾸는 것일까. 한동안 기차의 소음이 들리지 않았다. 그사이에 나는 환상을 보았다. 아주 연한 하나의 싹이 쑥쑥 자라나서 울창한 숲을 이루었다. 그 숲에 쏟아지는 형형색색의 빛은 세상 어디에서도 볼 수 없는 환한 빛이었다. 순간의 환상이었다.

나는 환상의 문 앞에서 우두커니 서 있었다. 그러다가 문득 엄마가 떠올랐다. 엄마는 이런 순간을 놓치지 않고 예언을 했다. 그 예언을 들을 때면 나는 몹시도 가슴이 두근거렸다. 그 이유를 비로소 알 것 같았다.

10

 나는 겨울에 입대했다가 봄에 제대했다. 복무연한이 조금 줄어든 혜택을 받은 것이었다.

 후임이었던 김 일병은 병장이 되었다. 그는 전역신고를 마치고 부대를 나가는 나를 기다리고 있었다.

 김 병장은 내가 말없이 자신을 바라봐 준 것을 고마워했다. 그것이 지켜주는 것이었다며 미소를 지었다.

 "그럴 때마다 제가 느낀 것이 참 많습니다. 하나님의 사랑도 그렇습니다. 그분은 침묵하고 계시지만 항상 사랑의 눈으로 보고 계십니다."

 김 병장은 작별의 순간에도 전도를 멈추지 않았다.

 나도 김 병장에게 고맙다고 말했다. 딱히 무엇이라고 말해야 할지 얼른 생각나지 않았다. 어쨌거나 그가 내 곁에 있는 것이 내게는 적잖은 도움이었다. 신문보급소에서 손이 내 곁에 있었던 것처럼 군대에서는 그가 있었다.

푸른 하늘은 높고 환했다. 훈훈한 바람이 살랑거렸다. 위병소 앞에는 개나리의 꽃봉오리가 터질 준비를 하고 있었다.

나는 주변을 두리번거리며 그녀를 찾았다. 기차에서 만났던 그녀는 헤어지는 길에 내게 제대날짜를 물었고 내가 무사히 제대를 하는지 확인하러 오겠다고 말했었다. 그러면서 내가 제대를 한다면 사랑해 주겠다고 약속까지 했다. 그날의 그녀 목소리가 또렷이 떠올랐다.

"사랑을 당장 어떻게 해요? 마구잡이로 하면 그건 사랑이 아니죠. 제대하는 날에 제가 꼭 찾아갈게요. 그 때부터 사랑하기로 하죠."

나는 그녀의 맹랑한 말이 허튼소리 같아서 웃고 말았다. 하지만 부대로 복귀하고 나서는 야릇한 기분이 들었다. 어쩐지 그 약속에 믿음이 갔다.

마지막으로 초병근무를 섰던 새벽이었다. 동트기 직전의 하늘은 어두웠다. 그 어둠 위로 스치듯 잠깐 보았던 그녀의 얼굴이 생생하게 떠올랐다. 그것은 환상이 아니었다. 내가 믿음을 놓지 않은 결과였다. 바로 그런 것이 신앙의 매력이라는 생각이 들었다. 그래서 사랑과 신앙은 분리될 수 없는 것이었다.

전역병을 맞이하려고 몇몇 사람들이 부대 앞길에서 서성

이고 있었다. 그러나 사람들 사이에서 그녀는 보이지 않았다. 나는 어긋난 믿음에 가볍게 웃고 말았다. 생각해 보면 그녀는 분노로 폭발할 것 같았던 나를 구하기 위해서 난데없이 나타난 사람이었다. 그때 잔뜩 화가 난 내가 뭔 일을 저지를 수도 있었다. 그런 나를 달래려고 누군가가 단아하게 생긴 여자를 내 옆에 앉도록 한 것이었다. 그리고 그녀의 상냥하고 달콤한 거짓말 덕분에 나는 무사히 군대에서 세상으로 나온 것이었다.

나는 몇 걸음 걷다가 아쉬운 마음이 들어 한 번 더 위병소 주변을 좌우로 훑었다. 역시 그녀는 없었다.

나는 터벅터벅 걸었다. 그때 등 뒤에서 여자 목소리가 들렸다.

"화나신 분! 왜 이쪽은 안 돌아보고 가는 거죠?"

그녀가 내 앞에 나타나며 투정 부리듯 소리쳤다. 기차에서 만났던 그녀였다.

나는 심장이 멎는 것 같았고 볼이 화끈 달아올랐다. 얼굴이 노을만큼이나 붉을 듯해서 고개를 푹 숙였다.

나는 그녀와의 거리가 좁혀지자 의외로 침착해졌다. 그녀와 꽤 오래 사귄 것만 같은 친숙함도 들었다. 우리는 부대 앞에서 버스가 서는 민가까지 내려가는 길에 대화를 몇 마디 나누지 않았다. 그런데도 그 길을 걷는 사이에 어느덧 가까워졌다. 동행의 선물은 친밀감이었다.

우리는 춘천역까지 나오는 길에 말을 나누지 않았다. 버스 안에서 서로 창밖을 두리번거리다 눈이 마주치면 빙긋 웃고 말았다. 그녀가 고개를 돌리고 있는 사이에 나는 몰래 그녀의 옆얼굴을 요모조모 뜯어보았다. 목덜미를 살폈고 가슴과 팔뚝도 살폈다. 그러다가 나도 모르게 그녀의 손등에 손을 올렸다.

"이렇게 안전주의자이면서 그날은 왜 그렇게 화가 났어요?"

그녀가 미소를 지으며 상큼하게 말했다. 그 웃음에 내 가슴에서 무언가 맺혔던 것이 풀리면서 말 못할 사연은 하나도 없을 듯했다.

나는 그날 아버지의 장례를 치르고 복귀하던 날이었다고 말했다. 그러면서 아버지와 엄마에 관한 쓰디쓴 이야기를 털어놓았다. 고통과 고난으로 얼룩진 고생담이었으니 말하는 내 입에서도 쓴 냄새가 났다.

내가 이야기를 어디쯤에서 잘라야 할지 몰라서 쭉 늘어놓는 사이에 그녀의 눈이 촉촉하게 젖어 갔다. 나는 너무 고달픈 이야기만을 쏟아 버리듯 내놓은 것이 미안해서 다시 주워 담고 싶어졌다. 그런데 그녀가 쓴 것을 냉큼 삼켜 버리고 아무렇지도 않다는 표정으로 나를 봤다.

"그런 이야기가 듣고 싶었어요. 너무 듣고 싶었던 이야기라서 눈물도 나고 웃음도 나고…….."

젖은 눈이 웃고 있어서 나는 당황했다. 그녀의 반응이 어떻게 이어질지 분간하기가 쉽지 않았다.

"나는 그렇게 신앙생활 하는 사람을 꼭 만나고 싶어요. 왜냐고요? 기독교는 체험의 종교잖아요. 실제란 말이죠. 그걸 확인해 보고 싶거든요. 난 일 때문에 정신없이 바빠서 여태 체험을 못했지만요."

그녀의 반응은 의외였다. 나는 이야기를 하면서 의도한 것이 없었는데 그녀는 엄마의 신앙에 초점을 맞춰 놓고 들었는지 적잖게 감동받은 얼굴이었다.

그녀는 엄마의 신앙과 삶이 일치하고 믿음이 실제가 되었다는 평가를 했다. 이야기를 더 듣고 싶다는 말도 했다. 그러면서 기회가 된다면 엄마를 만나고 싶다고 했다. 강력한 믿음을 엄마한테 전수라도 받겠다는 듯이 정말 간절하게 말했다.

"믿음의 세월이 있으니 그만한 간증이 있는 것이 당연하죠. 앞으로도 계속될 것 아니에요?"

그녀가 말꼬리에 묻는 말이 유난히도 크게 들렸다. 나는 그 물음을 나와의 약속을 계속 이어 가고 싶다는 뜻으로 해석하고 고개를 끄덕거렸다.

엄마는 내 사랑의 중매자였다. 나는 서둘러 복학을 준비하면서 밤마다 전화기를 붙잡고 그녀와 대화를 나눴다. 그때마다 그녀는 엄마에 관해서 물었다. 그래서 엄마가 그녀와 나를 잇는 연결고리였다.

나는 엄마가 준 돈으로 월세방을 얻었다. 대학 후문의 언덕배기에 자리한 낡은 연립주택의 반지하방이었다. 초라한 방은 구조에 문제가 많았다. 비가 오면 장판 바닥에서 축축한 물기가 묻어났다. 하루라도 창문을 열어 두지 않으면 벽에서 곰팡이가 피어났고 며칠 만에 세계지도를 그려 놓았다. 거기서 나는 꿋꿋하게 지내면서 토요일이 오기를 기다렸다.

토요일이면 경춘선 선로를 그녀와 함께 걸을 수 있었다. 그녀는 여상(女商)을 졸업한 후에 은행에서 일하고 있었고 나이는 나보다 한 살 어렸다. 눈동자가 무척 맑은 여자였다. 나는 그녀와 함께 있으면 맑고 푸른 날에 바닷가에 서서 신선한 바람을 맞는 기분이었다. 그런 느낌이 그녀를 만날 때마다 나를 들뜨게 했다.

한편으로 부끄럽기도 했다. 엄마의 신앙에 관해서 말하면서도 신앙하지 않는 내가 부끄러웠다. 그리고 정말 부끄러운 것은 그런 나를 그녀에게 감추는 것이었다.

부끄러움은 자라서 두려움이 될 것이다. 악에 관한 두려움은 나의 강한 의지로 물리칠 수 있었지만 부끄러운 두려움은 내면 깊이 파고들어서 나를 괴롭힐 것이다. 나는 두려움이 엄습하기 전에 신앙하기로 작정했다. 애틋한 감정으로 그녀의 손을 처음 잡았던 날에 했던 결심이었다.

그러나 신앙의 결단은 아니었다. 예수님을 믿지는 않더라도 교회는 다니기로 작정했던 것이니 그저 표면적(表面的) 신자의 길에 들어선 것이었다. 잘 팔리는 기독교 서적을 골라 읽고 매주 대학교 선교회에서 들은 말씀을 잊지 않으려고 메모도 했다. 그녀와의 연애에 신앙이 필수조건이라는 것을 알아차린 나의 약삭빠른 술책이었다.

어느 날 설교를 듣다가 나는 깨달았다. 엄마를 떠난 이후로 후진만 하는 나의 신앙을 붙잡아 준 사람들이 있었다는 것을. 신문보급소에서 만났던 신학생 손과 군대에서 만났던 김 병장이 그들이었다. 그들은 내 삶에 끼어들어서 내가 악에 물들지 않도록 제동장치가 되어 주었다. 그녀도 아주 강력한 제동장치였다.

그녀는 단지 제동장치로만 작동하지 않았다. 기어를 바꾸어 나를 다시 전진하게 했다. 사랑이 하는 일이 그런 것이었다. 사랑은 전진할 때 그 힘이 강력해졌다. 그 결과로 강해진 것은 사람이었다. 그러므로 사람을 강하게 하는 것이 사랑이었다.

나의 하루는 이른 새벽에 시작해서 늦은 밤에 끝났다. 강

의실과 도서관과 학원을 부지런히 오가는 빠듯한 일정이었다. 그런데도 연애를 하려면 돈이 필요해서 신문배달까지 했다. 학원은 취업을 위해서 다녔다. 한밤중에 도서관을 나올 때면 삶을 위해서 착실하게 준비하고 있는 내가 대견해 보이기도 했다.

나는 피곤을 몰랐고 언제나 들뜬 기분이었다. 그것은 사랑하고 있었기 때문이다. 사랑은 나의 동력이자 연료였다. 나를 사랑해 주는 사람이 있고 내가 사랑하는 사람이 있다는 것은 내가 세상에서 못할 일이 하나도 없다는 내면적 힘으로 나타났다. 그 힘이 갈수록 강해지는 것은 당연했다. 사랑하는 사람에게서 진심이 느껴지면 동력은 최상이었고 연료는 충만했기 때문이다.

나는 졸업하자마자 서둘러 취직을 했다. 그녀와 빨리 결혼하고 싶어서였다. 어느 시대에나 취업의 문은 굳게 닫혀서 열릴 것 같지 않지만 준비하고 도전하는 자들에게는 반드시 열리기 마련이다. 나는 방송사에 기술직으로 입사하기 위해서 복학 후의 대학생활을 올곧이 바친 보람이 있었다.

나는 직장생활을 반년쯤 하다가 마침내 그녀와 결혼을 약속했다. 그리고 엄마에게 그녀를 보여 주려고 고향으로 가는 기차를 함께 탔다.

"실은 어머니를 만난 적이 있어요."

호남선 하행 기차 안에서 그녀가 말했다. 그녀는 내가 복학해서 분주하게 지낼 때에 혼자서 내 고향에 다녀온 적이 있다고 고백했다. 내게 듣기만 했던 엄마를 실제로 보고 싶어서 안달이 났던 것이었다.

나는 먹먹했다. 내 가슴으로 비를 잔뜩 머금은 먹구름이 세차게 몰려드는 듯했다. 그녀가 엄마를 보았던 때에 엄마가 어떤 처지에 놓여 있는지를 알고 있었기 때문이다.

그때 엄마는 강 목사와 관련한 소문으로 힘든 날을 보내고 있었다. 정말 어이없는 소문이었다.

강 목사는 부인이 죽은 후에 자식들을 도시로 학교 보내 놓고 홀로 목회를 하고 있었다. 그래서 엄마가 아침저녁으로 교회에 드나들며 강 목사의 식사를 차렸고 살림까지 도맡아 챙겨 주고 있었다. 엄마도 혼자였다. 그러다 보니 말하기 좋아하는 사람들 사이에서 소문이 안 좋게 났다. 강 목사와 엄마가 살림을 차렸다는 소문이었다. 그 소문의 무대는 교회 밖이 아니라 교회 안이었다. 교인들 사이를 벌레처럼 옮겨 다니는 소문이었다. 그것을 잠재우려고 엄마는 예배가 아닌 시간에 교회에 갈 때면 꼭 누군가를 데리고 다녔다. 여동생이 집에 오면 손목을 잡고 교회로 갔다. 하지만 소문은 줄어들지 않고 혹 떼려다가 혹 붙인 꼴이 되고 말았다.

여동생에게도 소문이 따라붙었다. 엄마가 여동생을 목사에게 받쳤다는 것이었다. 엄마는 어이없어 하면서 소문과 싸우기보다 기도하기로 작정했다.

엄마는 밤마다 교회에 나가 무릎 꿇고 두세 시간을 기도에 매달렸다. 그러면서 왜 흉흉한 소문이 도는지 깨달아졌다. 교회를 다니지 않고 신앙하지 않는 사람들은 그저 그렇게 인간적으로 살아가면 그만이었다. 그러나 교회에 다니면서 신앙하며 살겠다는 사람들은 인간의 습성과 인간의 생각을 벗어야 한다는 것이었다. 그것을 벗지 못한 채 신앙하겠다고 나서면 눈으로 보는 대로 판단하고 누군가를 정죄해야만 된다는 것이었다. 그것은 대단한 깨달음이 아니었다. 자기를 부인하라는 말이 성경에 나와 있었다.

엄마는 교인들 한 사람 한 사람을 만나서 조용하게 타이르듯 말했다. 자기를 부인해야 된다고. 잘못하면 믿는 사람인데도 지옥 가는 수가 있다고. 잘 믿기 전에 제대로 알고 믿는 것이 중요하다고. 엄마의 그 말에는 알 수 없는 힘이 있었다. 그 힘이 옳게 작용했는지 햇빛이 비추면 서서히 안개가 걷히듯 소문이 점차 꼬리를 감추고 사라졌다. 그러고 보면 엄마의 힘은 성경에서 나왔다. 성경을 읽고 깨달은 말이 삶에서 풀어져 나왔으니 실제적인 힘이었다.

기차의 내부가 환해지고 속도도 빨라졌다. 기차가 도심을 완전히 벗어난 것이었다.

"어머니한테 너무 끌려요. 왜 그럴까요?"

그녀의 물음에 나는 생각에 잠겼다. 돌아보면 엄마의 행동과 언어는 곁에 있는 사람을 끌어당기는 힘이 있었다.

"속에 품고 있는 것이 보통 사람들과는 크게 다른 분이지. 사람들은 그 다른 것을 금방 알아차리고. 정신이 있는 사람이라면 몇 마디 대화를 나누다가 다 느끼게 된단 말이지. 그 다른 것, 그것이 실은 사람에게 가장 중요하다는 것을."

나의 대답이 평범해서 그녀는 안다는 듯 가볍게 끄덕거리기만 했다.

나는 말하면서 깨달았다. 자석처럼 끌어당기는 엄마의 힘은 신앙에서 나왔다는 것을. 그 힘이 끌어당기고 있는 것이 영혼이라는 것을. 그렇다면 엄마에게 끌리는 이유는 신앙으로 영혼을 상대하기 때문이었다. 그 누구라도 자신의 영혼을 그대로 둘 수 없어서 엄마의 말에 솔깃한 것이었다.

나는 엄마를 어머니라고 부르기 시작했다. 우러러보는 마음으로 엄마를 어머니라고 불러봤더니 왠지 가슴이 아렸다. 입도 열리지 않았다.

차창 밖으로 너른 평야가 펼쳐졌다. 그것을 잠시 바라보자 내 가슴에서 먹구름이 서서히 사라졌다. 넓은 대지에 쏟아져 내리는 빛은 찬란했다.

그녀는 바깥 풍경에 눈이 똥그래졌다. 산골짜기에서 살아온 그녀는 우리나라에 이렇게 넓은 평야지대가 있는 것을 처음 봤다며 연거푸 감탄을 쏟아 냈다.

"실은 저번에 어머니 뵈려고 갔을 때는 밤 기차를 타고 가서 밤 기차로 올라왔기에 이 풍경을 못 봤거든요."

그녀는 신기한 풍경을 보려는 어린애처럼 창에다 얼굴을 갖다 댔다. 아름다운 자연에 사람이라면 관심을 가질 수밖에 없었다. 그러고 보면 태초에 하나님이 세상을 아름답게 창조했던 까닭을 나는 알 것 같았다.

나의 고향은 바다와 산과 들이 어우러져 아름다운 경치를 자랑했다. 그러나 개발의 바람이 들이닥쳐서 곳곳이 파괴되고 있었다. 읍내가 개발되면서 우리 집 주변도 번잡해졌다. 예전에 아버지의 철물점과 그 옆방은 세를 내놓은 가게가 되었다. 가게를 넓히느라 마당이 절반이나 줄었다. 그래도 안방과 작은방 사이의 툇마루는 그대로 있었다.

나와 그녀는 마루에 앉아서 어머니를 기다렸다. 기다리다 못해 장으로 가볼까 하다가 그만두었다. 그녀가 혼자서 다녀오겠다는 것도 내가 막았다. 어머니와는 일부러 무슨 관계를 짓고자 애쓸 필요가 없을 듯해서였다.

해거름에 어머니는 하루 내내 생선을 담아 두었을 대야 세 개를 손수레에다 포개어 싣고 돌아왔다. 이미 내 전화를 받고 그녀가 올 줄 알았던 어머니가 반갑게 손을 내밀었다.

"내가 생각했던 예쁜 얼굴이야. 언젠가 본 적이 있는 것도 같고."

어머니가 빙긋 웃었고 그녀도 따라 웃었다. 그 웃음에는 내가 모르는 친근감이 두 사람 사이에 흘렀다.

어머니는 비린내에 젖은 몸을 씻고 나서 저녁을 차렸다. 무슨 음식이든지 금방 요리해서 내놓은 것은 어머니의 주특기였다.

늦은 밤까지 어머니는 그녀와 이런저런 이야기를 나누었다. 그러다가 갑자기 손을 잡더니 예언을 시작했다.

"딸아, 네가 가시밭 같은 고통의 길을 걸어왔구나. 아프고 쓰리고, 절망하지 않은 날이 하루도 없었구나."

어머니의 말에 그녀가 왈칵 눈물을 쏟아 놓았다. 그 눈물은 어머니의 말이 옳아서 나온 것이었다. 그리고 아픈 날들을 알아준 것만으로도 위로를 받았다는 감격의 표시였다.

"딸아, 너는 험난한 생활 속에서도 너를 지켜 주는 손길을 느꼈을 것이다. 항상 누군가가 걸음을 인도해 주는 것 같았고, 크고 놀라운 손으로 너를 돌봐 주는 것 같았을 것이다. 이제 정말 희망이 없구나, 쓰러져서 탄식할 때도 기적처럼 돕는 손을 만났을 것이다. 그게 바로 하나님이란 것을 너는 이미 알고 있다. 너는 이제 그 하나님을 확신하게 될 것이며 만나게 될 거야. 네가 고난 중에도 하나님을 찾고 찾아왔으니 하나님은 너를 만나 주실 것이다. 앞으로도 너는 많은 날을 살아야 하기에 고난이 끝난 것은 아니다. 고난이 있어야 사는 것이다. 그러나 너는 고난을 당하면 당할수록 하나님의 얼굴을 뚜렷이 보게 될 것이며 열망이 자라게 될 것이다. 내 주 하나님은 그런 분이시다. 너를 잃지 않으려고, 너를 얻고 싶어서 고난을 주시고, 네 열망이 사랑이 되게 하신 것이다. 그 사랑으로 너도 다른 영혼을 살려야 할 게다. 네가 하려면 너무 힘들어서 못한다. 모든 순간마다 하나님을 의지하여라. 지금껏 네 곁에 있었던 그분이 바로 네게 힘을 주는 너의 주인이시다."

어머니가 말하는 내내 그녀는 울먹거렸다. 그리고 예언이 끝났을 때는 참을 수 없다는 듯 소리까지 지르며 크게 울었다.

나는 어머니의 예언에 감탄했다. 조금도 망설이지 않고 폭포처럼 쏟는 확신에 찬 언어는 그야말로 힘이었다.

"가슴에 뭐가 들어왔어요!"

그녀의 뜨거운 눈물이 소리쳤다.

"그리고 그것이 저를 변화시킬 것만 같아요. 이젠 달라져야겠어요."

나는 그녀의 말을 이해했다. 어머니의 예언을 마음으로 느끼면 울음이 나왔다. 어머니에게 예언을 들었던 사람들은 거의 다 쉬지 않고 내리는 가을비처럼 눈물을 줄줄 흘렸다.

그녀는 실컷 울고 난 후에 얼굴이 훨씬 밝아졌다. 그리고 홀아버지를 모시고 힘들게 살았던 과거를 이야기했으며 죽은 어머니를 대신해서 동생들을 키워야 했던 고충을 이야기했다. 맑은 그녀의 입에서 나오는 말마다 아프고 힘들었던 소리였다.

"하나님이 다 보셨단다."

어머니가 그녀의 등을 토닥이며 위로했다.

"둘이 아주 잘 만난 것 같다. 함께하면 든든하고 못 이길 게 없을 거야. 그 무엇과 상대해서 싸워도 지지 않을 거란 말이지. 둘이서 함께하면 이미 이겨 놓고 싸우는 것이나 다름없을 거야."

이튿날 아침에 새벽기도에 다녀온 어머니가 했던 말이었다. 아직까지도 선명하게 기억되는 결혼승낙의 그 말은 지금까지도 나와 그녀를 단단하게 결속하는 끈 같은 것이다.

결혼을 앞둔 그해 겨울은 무척 추웠다. 매서운 한파에 강이 얼었고 폭설에 세상이 묻히기도 했다. 그러나 나는 추위를 몰랐다. 추위보다 강한 것이 사랑이었다. 나는 누군가로부터 진심으로 사랑받고 있다는 것이 행복이란 것과 행복의 속성이 따뜻하다는 것을 알았다. 그 따뜻함이 사람의 마음을 바꿔 놓는다는 것도.

신앙에 관한 나의 태도가 바뀌었다. 나는 기독교의 진리를 이해하거나 따지려고 하지 않고 그저 받아들이고자 문을 열기로 했다. 그동안 닫힌 채로 굳어져 가던 문은 삐걱거리며 잘 열리지 않았다. 그러다가 활짝 열리게 된 것은 어머니가 주신 말씀 한 구절의 힘이었다.

"어머니의 하나님이 나의 하나님이 되어야 한다."

어머니는 구약성경의 한 장을 펴놓고 내게 보여 주며 말했다. 그것은 룻이라는 여인의 말이었다.

나는 오래 생각했다. 어머니의 하나님에 대하여. 그리고 믿음으로 살아가는 어머니 덕분에 그 아들인 내가 당연히 복 받고 구원받는 것은 아니라는 것을 깨달았다. 어머니는 내가 그것을 깨닫기를 원했던 것이었다. 이제 나는 어머니와 분리되어 나의 하나님을 만나야 하는 것이다.

나는 생각을 비우고 마음을 바꾸었다. 그러면서 아침과 저녁으로 구약과 신약을 번갈아 가며 묵상을 시작했다. 문득 예전에 신문보급소에서 성경을 펴놓고 시간 가는 줄 모르고 묵상하며 앉아 있었던 손이 떠올랐다. 나는 손을 닮아 가고 있었다. 단 한 구절도 지나쳐 버릴 수 없었다. 태초에 하나님이 빛이 있으라 하시자 빛이 생겼다는 말씀만 해도 그랬다. 그 빛이 폭발하듯 터지면서 세상을 일시에 환하게 밝힌 빛이라기보다는 동트는 새벽빛처럼 아주 조금씩 밝아지다가 마침내 찬란해진 빛이었을 것 같았다. 그런 빛은 언어를 품고 있는 듯 속삭이는 소리도 냈을 것 같았다. 그리고 아브라함이 이삭을 낳고 이삭은 야곱을 낳고 야곱은 유다와 그의 형제들을 낳았다는 그 지루한 계보(系譜)도 묵상해 보니 나의 계보인 듯했고 나를 역사 속으로 부르는 소리가 들렸다.

하지만 말씀을 묵상한다고 해서 나의 신앙이 부정에서 긍정으로 돌아선 것은 아니었다. 그저 누구와도 충돌 없이 평온하게 살고 싶어서 가면을 쓴 것뿐이었다. 가면을 쓰지 않고서는 어머니나 그녀와 대화를 나누기가 힘들었다. 가면 안에 감춰진 것들은 행동으로 나오지만 않으면 여간해서는 보이지 않는 것이었다. 감추고 숨기고 사는 것도 시간이 지나면서 그런대로 익숙해졌다.

내가 결혼했던 그 봄에 어머니는 교회에서 권사라는 직책을 맡게 되었다. 남자였다면 장로가 되었겠지만 여자이기 때문에 그런 직책이 주어진 것이었다. 어머니는 교회에서 받는 직책으로 특별히 우대받거나 명예를 얻지는 못한다고 분명하게 말했다.

"더 잘 섬겨야 하는 종이 된 거야."

권사 취임식에 참석했던 아내에게 어머니가 한 말이었다. 나는 어머니가 직분을 계급으로 알고 교인들 위에 군림하지는 않으리라 확신이 들었다. 내가 지켜본 교회의 분란은 직분을 계급으로 아는 이들 때문에 자주 일어나곤 했다. 그래서 교회에서 봉사하면서 교인들을 이전보다 더 잘 섬기겠다는 어머니의 마음은 순수하고 좋았다.

어머니는 장사에서 손을 떼고 하루의 대부분을 교회에서 보내기 시작했다. 너무 지나친 것이 아닌가 싶어서 나는 어머니에게 그 이유를 물었다.

"사명이다."

어머니의 대답은 간단하고 분명했다.

나는 불안했다. 사명이란 말이 단순하게 맡겨진 임무를 다하겠다는 의지의 표현을 넘어선 위태로운 말로 들렸기 때문이다. 기독교에서 사명이니 사명자니 하고 말할 때는 평범한 그리스도인으로 사는 것이 아니라 목숨을 내걸고 산다는 말이었다. 섬기는 정도가 예수님처럼 헌신에 이르러야 한다는 뜻이기도 했다. 그런 헌신의 삶은 박해를 받기 일쑤였다. 박해자들은 불신자가 아니라 교인들이었고 박해의 수준도 비난하고 모함하는 정도를 넘어 모질기만 했다.

"이제야 나는 이 길을 간다. 조금 더 일찍 가고 싶었는데 사탄이 가만 놔두질 않았어."

어머니는 당당하게 말했다. 그 눈빛에서도 힘이 엿보였다. 그러나 나는 어머니의 노년에 예기치 못한 일이 벌어질 것만 같아서 걱정스러웠다. 그 길은 여태껏 걸어온 그 어떤 길보다도 힘든 길이었다. 결국은 십자가를 지는 순교자가 될 것이며 피를 다 쏟아 내야 어머니의 인생이 끝날 것만 같았다.

11

 신혼시절은 달콤한 사탕 한 알을 입에 넣고 굴리는 것 같은 기분 좋은 시간이었다. 하루하루가 꿈만 같았다. 좋은 향기가 가득한 세상이었다. 그런데 교회에 가면 향기가 사라져 버렸다.

 그때 나와 아내는 주일마다 발품을 팔며 교회를 찾아다녔다. 교회는 곳곳에 널려 있었지만 우리가 찾는 교회는 드물었다. 나는 복음과 진리를 외치는 교회를 찾았다. 아내는 성령의 역사가 일어나고 있는 교회를 찾았다. 그런 교회를 찾기란 쉽지 않았다. 그렇다고 아무 교회나 다니고 싶지는 않았다. 우리는 아무 곳이나 가는 기차는 싫었고 반드시 천국으로 가는 기차를 타고 싶었다.

 내가 본 대부분의 교회는 복음보다는 교회의 가치를 앞세우고 있었다. 교회에 헌신하고 이웃에게 사랑과 봉사를 강요하고 있었다. 그것은 교회의 본질이 아니었다. 진리를 가르치면서 회개하라고 외치고 구원의 길을 알려 주는 곳이 진정한 교회였다. 그런 교회에서 성령의 역사도 일어나고 있었다. 그런데 그 많은 교회들이 그저 종교집단에 지나지 않았다. 예배나 각종 모임도 사교모임 수준이었다. 거기서는 말씀이 따뜻한 위로의 말이 되었다가 어느 순간에 흉기로 돌변했다. 사교장이었던 교회가 사형장으로 바뀌기도 했다.

우리는 대략 석 달쯤 유목민처럼 떠돌았다. 그러다가 집에서 조금 먼 거리에 있는 교회에 정착했다. 그 교회에 등록을 하던 날에 뜻밖에도 손을 만났다. 그는 내가 신문보급소에서 생활할 때에 구석에서 성경을 펴고 골몰해 있었던 신학생이었다. 그가 그 교회의 부교역자였다.

손이 신혼집에 심방을 온 적이 있었다. 그가 간단하게 나눔을 갖자면서 성경을 펴더니 아담이 나오는 장면을 읽었다. 가정심방에서 나눌 말씀과는 상당히 거리가 먼 듯싶어서 나는 당혹스러웠다.

말씀은 에덴동산에서 범죄를 하고 숨어 있던 아담과 그를 찾으시는 하나님의 이야기였다. 손은 말씀을 놓고 나를 보더니 엉뚱하게도 고맙다는 말을 했다. 우리가 신문보급소에서 만났던 시절에 손은 신앙이냐 실존이냐를 놓고 고뇌의 시간을 보냈다고 했다. 그것은 그의 내면에서 끊임없이 충돌하는 인본주의와 신본주의의 대결이기도 했다. 그때 해결될 것 같지 않았던 문제가 스무 살의 나를 관찰하면서 서서히 풀렸다고 했다. 신앙은 하나님을 믿는 데서 출발하지만 실존은 하나님을 뒤로하고 인간 자신이 주체가 되는 것이었다. 그렇다면 손의 고백이 내 입장에서는 듣기에 썩 좋은 소리가 아니었다. 나는 그때 신앙을 버리고 오직 실존의 날들을 살았기 때문이다. 나 스스로 생존의 방식을 결정하고 내 마음과 내 뜻대로 마구 살았던 시절이었다. 그런 나를 보면서 손은 마음을 돌이키게 되었으니 고맙다는 것이었다.

나는 불편한 표정을 감추고 손에게 물었다.

"실존주의적으로 인간을 이해하는 것은 반기독교적인가요?"

손은 오랜 기간을 두고 고민했던 문제였는지 대답을 술술 잘했다.

"반기독교적은 아니지. 실존이라는 말에는 인간이 끊임없이 신을 찾고 있다는 뜻이 내포되어 있으니까. 하시만 하나님을 인정하지 못하고 인간 스스로가 자기를 만들어 가고 창조까지 서슴없이 해 나간다고 믿고 있지. 그러니까 몰(沒)기독교적이라고 할 수 있지."

그 말을 듣고 보니 나는 여전히 실존의 인간이라는 생각이 들었다. 그래서 내가 내 삶을 개척하고 운명을 극복해 나가는 것이 무엇이 잘못이냐고 따지듯이 말한 후에 다시 물었다.

"인간으로 살자는 것인데 너무 신앙의 잣대로만 평가하는 거 아닙니까?"

"인간으로 살다 보면 절망을 자주 하게 돼. 그리고 죄를 짓게 되고. 신앙의 반대가 뭔 줄 알아?"

"……"

"그건 절망이고 죄야."

손의 말은 옳았다. 나를 보더라도 절망하면서 신앙과 멀어졌고 죄를 지으면서 신앙을 버렸던 것이다.

손이 아담을 이야기했다. 아담은 인류 최초로 절망하고 죄를 지은 사람이었다. 그런 아담을 하나님이 불렀다. 그때 불렀던 소리가 어디에 있느냐는 물음이었다. 그것이 단지 아담만을 불렀던 소리가 아니었다고 그가 말했다.

"나를 부르는 소리이기도 했어. 그 어두운 방에서도 나는 종종 듣곤 했지. 네가 어디에 있느냐는 물음은 심판의 소리이기도 했고 나의 정체를 묻는 물음이기도 했어. 그리고 내가 있어야 할 자리를 일러 주는 부름이기도 했으니까 은혜의 소리이기도 했지."

대화가 설교로 이어지는 듯해서 나는 잠자코 듣기만 했

다. 그런데 손이 설교할 의도는 없다고 했다.

"어디에 있느냐는 물음에 대답하며 살아야 한다고. 그 말을 해 주고 싶었던 거야."

나는 고개를 끄덕거렸다.

손은 나와 다시 만난 지 석 달쯤 후에 중국에 선교사로 간다며 이별을 말했다. 그는 일단 중국에 들어가서 지내다가 북한으로 옮길 계획이었다.

"두렵지 않으세요?"

내가 불쑥 물었다.

"각오는 오래 전에 했어. 그때 그 방에서."

손이 부끄럽다는 듯 소년의 표정으로 대답했다.

악이 거대한 실체를 드러내 놓고 지배하고 있는 북한 땅을 생각하면 나는 몸이 떨렸다. 그래서 손과 작별인사를 제대로 나누지 못했다.

여태까지 나는 손의 소식을 듣지 못하고 있다. 그러나 그가 죽었으리라고는 생각하지 않는다. 그를 생각하면 언제나 헤어질 때의 평온한 얼굴이 떠오르기 때문이다. 그리고 네가 어디에 있느냐는 부름에 당당하게 대답하는 모습이 떠오르기 때문이다.

나는 방송촬영을 다니면서 아름다운 풍경을 자주 만났다. 그때마다 평온한 풍경 너머로 손이 떠올랐고 어머니도 떠올랐다. 그들이 평온한 것은 신앙 때문이라고 생각하지 않을 수 없었다. 삶은 역경이었지만 신앙으로 다져진 그들의 내면은 평안했다. 그렇지만 나는 신앙을 하는데도 불구하고 두려움이 여전했다. 그것은 이전에 나를 두렵게 했던 두려움이 아니었다. 예전에는 몰랐던 새로운 종류의 두려움이었다. 만약에 불의의 사고로 지금 죽게 된다면 어떻게 될까. 죽은 나는 어떻게 되는 것일까. 그런 걱정과 두려움이었다.

아내는 내가 비로소 신앙을 시작했다고 말했다. 그리고 구원에 관심을 갖게 되었다고 했다. 그랬다. 구원받지 못하고 버려지는 것은 인간의 가장 큰 비극이고 커다란 두려움이었다. 사람이라면 누구나 그 두려움을 느끼는 것이 정상이었다. 느낌이 없는 비정상적인 사람도 죽음이 찾아왔을 때는 알게 될 것이다. 그러나 죽으면서 알았다고 구원받는 것은 아니다. 나도 채비를 해야 했다.

나는 두려움이 전혀 없는 듯 담대하게 살아가는 어머니를 살피게 되었다. 어렸을 때에 내가 했던 관찰을 다시 시작한 것이었다.

고향 읍내의 버스터미널에 서울행 고속버스가 생겼다. 하루에 두 대가 배차되었지만 그 버스 덕분에 어머니가 서울에 오는 날이 잦아졌다. 내가 사는 모습이 궁금해서 오기도 했고 낙지가 많이 나왔다고 먹어 보라며 가져오기도 했다.

손자가 태어나면서는 오는 횟수가 더욱 잦아졌다.

아내는 어머니가 오는 것을 반가워했지만 나는 어쩐지 불안했다. 어머니가 집을 비우고 고향을 떠나왔다는 것은 교회를 떠난 것이었다. 그렇다면 교회에서 뭔가 문제가 있는 것이었다. 어머니가 방 한 칸을 차지하고 앉아서 묵묵히 기도만 하고 있는 것이 이상했다.

나는 늘 밤늦게까지 일이 있어서 퇴근이 늦었다. 늦게 집에 들어와서 어머니의 기도 소리를 듣는 날은 걱정이 앞섰다. 그런데 어머니는 아무 일도 없다는 듯 태연하게 말했다.

"아직은 아니지만 교회가 성장하면 내가 떠나야지, 늘 그 생각을 많이 한다. 아무래도 그래야 하지 않겠냐? 왜 그 텃새라는 게 못된 새지?"

"갈등이 있긴 있군요."

"아니다, 아무 문제없다. 아니, 아니다. 문제가 있다면 나한테 있는 것이지."

어머니의 눈빛에 혼란스러움이 묻어났다. 교회도 집단이고 수많은 구성원이 있으므로 갈등과 문제가 없을 수가 없는 곳이었다.

"기도가 부족했어."

문제를 만났을 때 어머니의 진단과 처방은 신속했다. 그리고 항상 모든 잘못을 자신에게 돌리는 것이 문제의 크기를 절반쯤 작게 만들었다.

"구원받아야지. 구원받지 못하면……."

어머니는 분명했다. 구원받기 위해서라면 무엇이라도 비우고 버리겠다는 마음이었다.

나는 어머니의 문제를 눈치껏 알아차렸다.

"협력하여 선을 이루어야 하는데……."

어머니가 힘없이 속삭이는 것은 문제를 안고 있다는 것이었다. 인간들에게 협력이란 말처럼 쉬운 일이 아니다. 선이라는 공동목표를 방해하는 각자의 악을 갖고 있기 때문이다. 그 악이 결국은 선으로 전환된다고 성경을 해석하는 것은 비현실적이다. 문제는 악의(惡意)라는 것이다. 인간들은 속에다 그것을 교묘하게 숨기고 있다. 그것이 어느 순간에 튀어나올 줄 모른다. 그것을 어떻게 잡아낼 것인가. 어머니가 그런 문제에 빠져 있는 듯했다.

나는 협력이라는 말을 좋아했다. 조명회사를 차리면서 그 뜻을 깊이 이해했고 더 좋아하게 되었다. 나는 방송국 생활을 하면서 내 조명을 알아주는 사람들을 많이 만났다. 그들이 내게 개인회사를 해 보라고 자주 권했고 나도 잘할 수 있을 것 같다는 생각이 들었다. 그러나 조명장비의 가격이 만만치 않아서 결정을 못하고 미루고만 있었다. 번듯한 직장을 나와서 사업을 한다는 것이 불안하기도 했다.

그때 아내가 힘이 되어 주었다.

"당신은 어둠을 밝히는 사람이잖아요. 어두운 사람을 빛나게도 하고요. 생각만 해도 멋진 일인데 망설이지 말아요."

조명에 관한 소박한 그 말이 나를 움직였다. 장비를 구입해야 하는 초기 자본도 아내가 대출을 받을 수 있도록 힘써 주었다.

어머니도 조금 보태겠다면서 돈을 들고 찾아왔다. 그때 어머니가 청년 하나를 데리고 왔다.

"누군지 모르겠냐?"

어머니는 청년을 내 앞에 세우고 물었다.

나는 청년을 어렸을 때 보았던 것 같은데 얼굴이 많이 변해서 누구라고 말하지 못했다.

"청계댁네 둘째잖아."

어머니의 말이 떨어지기 무섭게 나는 청년의 손을 덥석 잡았다.

청년은 광규 아저씨네 둘째 아들로 이름이 현수였다. 그 위로 큰아들은 어렸을 때 죽었다. 어머니가 무당을 쓰러뜨린 사건이 있은 후에 앙상한 나뭇가지처럼 마르다가 결국은 죽고 말았다.

"이 아들은 안 죽게 하려고 내가 죽을 둥 살 둥 기도했다. 이젠 네가 좀 맡아 줬으면 좋겠다만."

어머니는 내가 하는 조명을 현수에게도 시켰으면 했다.

나는 현수가 어려운 일을 기꺼이 할 결심만 있다면 마다하지 않을 작정이었다. 야외조명이란 무거운 조명기와 두터운 전선과의 싸움으로 제작현장에 뛰어들면 그것들을 쉴 새 없이 옮기고 다시 설치해야 해서 여간 힘든 일이 아니었다. 배우의 동작이 바뀔 때마다 조명의 위치도 바뀌어야 했다. 때로는 배우의 동선을 따라가기도 했다. 그만큼 손이 많이 가는 일이라서 사람이 필요했다.

"형님, 열심히 할게요."

그 말이면 충분했다. 고향에서 올라온 동생이라서 믿음직스러웠다. 그는 마른 체격이었지만 내 생각에 힘은 체력에서 나오는 것이 아니었다.

나는 현수를 촬영장에 데리고 다니면서 조명을 가르치기 시작했다. 그에게 조명기술에 관한 책도 사 주며 읽어 보라고 권했다. 하지만 조명은 현장에서 배우지 않고는 익히기 어려운 기술이었다. 현수가 운전을 꽤 능숙하게 잘하는 것 같아서 발전차도 맡겼다.

"세상의 지배자는 따로 있었군요!"

조명 기기를 처음 만지던 날에 현수가 감탄의 소리를 질렀다.

"순식간에 세상을 지배하는 광경이 놀랍기만 합니다!"

현수가 감탄하는 세상의 지배자는 빛이었다. 그는 주황빛이 도는 텅스텐 조명과 파란빛을 풍기는 HMI 조명을 번갈아 보며 입을 다물지 못했다.

실은 나도 선명한 빛으로 일시에 어둠을 제압하는 조명의 위풍당당한 모습에 수시로 감탄했다. 어쩌면 그 지배력에 끌려서 내가 조명에 몸을 담았는지도 모르겠다. 어둠을 향해서 빛을 주면 세차게 쏟아져 나가는 빛은 무성한 푸른 숲을 헤치고 들어가는 거친 짐승이었다. 그 빛이 한곳에 들어가서 오래 머물면 그때부터 빛은 빗물처럼 촉촉하게 주변을 적셔 놓는다. 그 물이 빛의 물이다. 나는 그 미세한 변화의 과정을 지켜보는 것을 즐겼다.

조명에 빠져드는 현수를 보면서 나는 적지 않은 깨달음을 얻었다. 세상에 어둠이라는 것은 존재하지 않는다는 것을. 존재하는 것은 빛이라는 것을. 그랬다. 빛이 없는 상태가 어둠일 뿐이지 어둠이 존재가 되어 지배력을 행사하지는 못했다. 그러므로 어둠이 주는 불안과 두려움은 심리적인 것이며 하찮은 것에 불과했다.

나는 빛과 어둠을 선과 악으로 빗대어 가며 더 깊은 생각으로 들어갔다. 악도 어둠과 같은 것이었다. 그렇다면 선의 존재, 선의 승리를 믿는 것이 악을 이기는 길이었다.

촬영장에서는 언제나 조명이 필요했다. 외주제작사가 많

아지면서 나는 장비를 묵히는 날이 거의 없었다. 장마철에나 조금 쉴 수 있었다. 그렇게 사업이 잘된 덕분에 나는 전세를 면하고 드디어 집을 장만하게 되었다.

한때는 내 집을 갖는다는 것이 꿈만 같았다. 생각해 보면 서울에서 내 집을 갖기까지 나는 많은 고통을 겪었다. 그러기에 내 집이 사랑스러운 애인이라도 된 듯 벽이고 문틀이고 사방에다 입을 맞추곤 했다. 아내도 나와 비슷한 심정으로 몇 날 며칠이고 집 안을 쓸고 닦으면서 웃기만 했다. 가난을 아는 우리는 잘 만난 부부였다.

비가 주룩주룩 오는 가을날에 어머니가 찾아왔다. 어머니는 언제나 터미널이나 역으로 마중 나오라는 법이 없었다. 길이 있는데 혼자서 못 가겠냐며 어디든지 헤매지 않고 잘도 다녔다. 어머니는 주소만 가르쳐 주었는데도 이사한 집을 단번에 찾아왔다. 그런데 여느 때처럼 성경과 찬송가가 들어 있는 손가방만 들고 온 게 아니라 큼직한 옷가방 하나를 들고 있었다.

"이번에는 좀 오래 묵고 싶은데……."

"그러세요, 어머니. 우리 다니는 교회도 함께 가 보시고요."

어딘지 모르게 약해 보이는 어머니를 아내가 웃으며 반겼다.

어머니는 아내가 내준 빈방에다 짐을 풀고 기도부터 시작했다. 그때부터 어머니는 한 달가량을 그 방에서 머물렀다. 성경과 찬송가를 펴놓고 지내면서 말씀을 읽고 찬송을 부르고 기도를 하는 것이 어머니의 일이었다. 하루에도 몇 번씩 그 일을 반복하는 어머니는 대단한 열정의 소유자였다. 그래서 나는 열정이 두려움을 이긴다고 믿게 되었다. 두려움이 찾아오면 얼어붙지 말고 품고 있는 열정을 최대한 발산하는 것이다. 그것이 승리를 위한 가장 현실적인 방법일 듯했다.

나는 어머니를 관찰하고 싶어서 일을 마치고 집으로 가는 길이 즐거웠다. 손에다 뭔가 먹을 것을 사 들고 가는 기분이 그렇게 좋을 수가 없었다. 누군가에게 나눠 줄 것이 있다는 것이 사람을 한없이 기쁘게 하는 것이었다.

어머니가 나를 보며 피식 웃었다.

"내 식구, 내 사람에게만 주면 뭐 하겠냐?"

나는 어머니의 말을 이해했다. 하지만 아직은 다른 사람을 사랑할 만큼 여유롭지 않다고 말했다.

어머니가 눈살을 찌푸리며 말했다.

"여유로운 사람은 남한테 잘 주지를 못한다. 왜 그런 줄 아느냐? 남들의 빈곤을 모르거나 남들도 다 여유로운 줄 아니까. 그리고 그런 사람이 어쩌다가 적선하듯이 주는 게 그리 좋은 것도 아니다. 마음이 좋아야지."

"……."

나는 할 말을 잃었다. 어머니의 생각은 오랫동안 성경을 읽고 기도하면서 나온 것이었으니 쉽게 대꾸할 수 없었다.

새벽이었다. 나는 어머니의 기도를 방해하지 않으려고 살금살금 집을 나서려고 했다. 그런데 어머니의 기도 소리가 들리지 않았다. 이상하다 싶어서 어머니의 방을 살짝 열어 보았다. 어머니는 성경을 펴놓고 앉아서 가만히 있다가 나를 보았다.

"이리 좀 앉아 봐라."

어머니가 뭔가 할 말이 있다는 표정이었다.

나는 조용히 들어가 앉았다. 방의 공기는 서늘했지만 어머니가 앉은 자리에서 열이 나오는 듯했다.

"내가 너한테 미안한 게 하나 있구나. 요새 그게 생각나서 말이야."

"……."

나는 어머니가 무슨 말을 할지 짐작도 못하고 듣기만 했다.

"그때, 우리가 고향집 버리고 떠났을 때 말이다. 그때가 생각나. 나는 그때 두려웠어. 실은 말이다, 너무 두려워서 고향을 떠난 거였다."

나는 어머니도 두려웠다는 것이 놀라웠다.

"난 내가 지옥에 갈까 봐 두려웠어. 내 집은 천국인데, 내 집과는 너무 먼 지옥에 갈까 봐 두려웠단 말이다. 교회에서 내가 싸우고 버티면 지옥에 갈 거 같았다. 그뿐만 아니야. 교회를 떠나도 지옥에 갈 것 같았다. 이러지도 저러지도 못하는, 그걸 배운 사람들은 뭐라고 그러더라만……. 아무튼 그때는 너무 두려웠어. 그런데 하나님이 내게 말씀하시더라. 땅에 있는 교회가 내 집이 아니라고. 땅에다 아무리 잘 지어 놓아도 거기는 언젠가는 무너질 집이라고. 땅에다 지은 교회도 물론 무너질 것이고. 세상에 무너지지 않을 것은 없는 거야."

어머니가 시시때때로 되풀이했던 말이었다. 한동안 나는 어머니는 입만 열면 그 소리를 한다고 귀찮다는 듯이 귀를 닫았었다. 그러나 여느 때와 다르게 어머니의 두려움이 가슴으로 느껴졌다. 그래서였는지 듣는 내내 속이 쓰라리고 아팠다.

"이 집도 영원하지 않고, 이 땅도 영원하지 않다. 아들아, 꼭 명심하고 살아라."

그때 깨어났던 아내가 소리를 듣고 슬며시 방으로 들어왔다. 어머니는 아내의 손을 잡고 같은 말을 했다.

"딸아, 이 세상은 영원하지 않다. 그러니까 이 세상에서 두려워할 건 아무것도 없다. 그걸 잊지 말고 살아라."

어머니는 말을 한 후에 표정이 사뭇 엄숙해졌다. 그리고 더 할 말이 있는 눈빛이었다.

"신앙은 편하게 사는 걸 포기하겠다는 것이야. 험악한 세월을 살아 보겠다고 작정하는 것이야. 인생의 막바지에 야곱이 했던 고백을 봐라. 험악한 세월을 살았다는……. 그 솔직한 고백이 오늘 내게 많은 생각을 하게 하는구나. 힘든 세월이었지만 승리했다는 자부심이 느껴지는 고백이다. 선한 싸움을 마쳤다는 바울의 고백과도 같은 거야. 세상은 그렇게 사는 것이다. 아들아, 두고두고 생각해 보거라."

어머니의 성경은 야곱이 이집트의 왕을 만나는 장면이 펼쳐져 있었다. 백세가 훨씬 지난 노인 야곱이 왕에게 자신의 인생을 한마디로 요약했다. 험악했다고. 그러나 그것은 외면적인 모습이었고 그 속을 들여다보면 힘든 시절을 지날 때마다 믿음이 더욱 단단해졌다는 고백이었다. 내가 그런 생각을 할 때 어머니는 기도를 더 하겠다고 했다.

나와 아내는 방을 나가려고 조용히 일어섰다. 그때 산들바람 같은 부드러운 바람이 내 머리끝을 스쳐 갔다. 그 바람이 어머니를 데리고 갔다는 것을 나중에 알았다.

밤늦게 돌아와 보니 어머니는 가고 없었다. 어머니는 아내에게 여동생의 집으로 가겠다는 말을 남기고 떠났다고 했다.

12

 어머니가 떠난 후에 광규 아저씨가 전화를 했다. 아저씨는 나에게 청년 하나를 보낼 테니까 조명부원으로 써 달라고 부탁을 했다. 그러면서 내게 보내는 청년은 윤 장로의 손자라고 했다.

 나는 가슴이 덜렁 내려앉았다. 한동안 바윗돌에 짓눌린 기분에 입도 열리지 않았다. 윤 장로의 손자라면 아버지를 살해했던 윤기철의 아들이었기 때문이다. 광규 아저씨는 아버지의 살인자가 윤기철이란 것을 모르는 듯했다. 그것을 알았다면 나에게 윤기철의 아들을 맡아 달라고 부탁할 리가 없었다.

 "제가 하는 일이 쉬운 일은 아닙니다. 젊은 애니까 다른 일을 알아보도록 하시죠."

 나는 거절의 뜻으로 점잖게 말했다. 사실은 항상 사람이 필요했고 청년이라면 마다할 까닭이 없었다. 더군다나 고향 사람이라면 무턱대고 좋았다. 그러나 윤 장로의 핏줄은 싫었다. 기독교가 용서와 사랑의 종교라는 것은 잘 안다. 그렇지만 그것은 표면적 신자에 불과한 내가 실천할 수 있는 정신이 아니었다.

"다 옛날 일이니까, 일단 사람을 보면 달라질 거다. 참 괜찮은 녀석이야."

아저씨는 귀가 어두워져서 내가 한 말을 잘 듣지 못했다고 했다. 그러더니 일단 사람을 올려 보낸다고 막무가내로 나왔다.

이틀 후에 서글서글하게 생긴 윤기철의 아들이 내 앞에 나타났다. 맑은 눈망울에 얼굴이 환한 청년이었다. 짙은 눈썹과 굵은 턱선이 듬직하다는 인상을 주었다. 아무리 봐도 그 얼굴은 윤 장로와 윤기철을 닮지 않았다.

나는 생각이 바뀌었다. 늙은 윤 장로는 머지않아 세상을 떠날 것이고 윤기철은 복역 후에 노인이 되어 세상에 나올 것이다. 그렇다면 그들과 그 아들의 관계는 살가울 것 같지가 않았다. 나는 그렇게 생각하고 윤기철의 아들에게 일을 가르치기 시작했다. 그가 조명부원 중에서 가장 어렸기에 자연스럽게 '막내'라고 불렀다.

막내는 제법 눈치가 있고 눈썰미가 있는 녀석이었다. 자신이 해야 할 일을 금방 알아차리고 나서는 것으로 봐서 어려서부터 엄한 훈계를 받으며 자란 것이 분명했다. 하지만 나는 막내와는 눈을 마주치지 못했다. 그 눈을 마냥 선하게 바라볼 자신이 없어서였다.

조명은 단지 밝은 빛만 주는 일이 아니었다. 그 빛으로 영상에 색깔을 입히고 온도를 조절하는 일이기도 했다. 그때까지 나의 조명은 그것을 잘했다. 그런데 막내가 곁에 있으면서부터 푸르고 차갑게 변해 버렸다. 아무래도 심리의 영향이 컸다. 나는 마음을 추스르며 집중했지만 그럴수록 이상하게 빛이 흐트러졌다.

나는 막내와 조금 거리를 두었다. 그러다가 녀석과 조곤조곤 말을 나누게 된 것은 드라마 「끊어질듯 이어지는」의 제작에 참여하기로 결정하면서부터였다. 야외촬영이 너무 많아서 조명인력을 대거 투입해도 부족할 듯싶어서 참여를 망설였다. 그때 막내가 드라마의 원작을 읽었다면서 한마디를 했다.

"주인공이 어떤 상황에서도 망설이지 않고 당당합니다. 그걸 읽어 보니까 어떻게 살아야 할지를 알게 되더라고요."

그 말에 나는 드라마의 내용에 관심이 갔다. 그래서 서점에 들러 원작을 구해 와서 하룻밤 만에 독파해 버릴 기세로 읽어 나갔다.

웹소설로 연재된 후에 출간된 「끊어질듯 이어지는」은 로맨스 판타지로 분류되는 이야기였다. 선과 악의 숨 막히는 대결구도에서 여자 주인공의 시선이 시종일관 긍정적이었다. 주인공은 자신을 죽이려는 자들에게도 기꺼이 사랑을 베풀었다. 그 사랑 때문에 위기에 몰려 여러 번 곤욕을 치르기도 했다.

다 읽고 났을 때는 내 가슴에 뭔가 남았다. 그것은 사랑이었다. 이야기에서 여러 인물들이 죽고 사라졌지만 사랑만은 남아 있었다. 그래서 소설의 주제가 사랑의 승리 또는 사랑의 완성이라고 나는 이해했다.

나는 잠들려고 누웠다가 어머니가 떠올라서 잠을 설쳤다. 그리고 종소리가 귓가에 울리는 듯해서 고향교회가 자꾸만 생각났다.

이튿날 나는 고향의 교회당 옆에 세워진 낡은 종탑과 그 꼭대기에 매달린 묵직한 종을 떠올렸다. 그리고 막내에게 물었다.

"고향교회에 아직도 종이 있을까?"

"그럼요. 녹슬었지만 지금도 소리는 맑습니다."

막내의 목소리에서 종소리가 울리는 듯했다. 그 맑은 소리가 어린 날의 고향 풍경으로 나타났다.

내가 어릴 적에는 새벽마다 교회 종소리가 울리면 어둠이 달아났다. 그리고 특별한 날에 종소리가 울리면 마치 잔치라도 벌어질 것 같은 술렁이는 분위기가 되면서 교회로 사람들이 모여들었다. 비좁은 교회당에 옹기종기 앉아 있던 사람들의 모습은 내 기억에 가장 아름다운 장면이었다. 특히 눈 내리는 성탄전야의 교회는 세상에서 가장 따뜻한 곳이면서 밝고 환한 곳이었다. 그때 거기는 먹을 것이 풍성하지 않았지만 오병이어(五餠二魚)의 현장이기도 했다. 거기서는 배고팠던 기억은 없다. 그 누구라도 든든하고 넉넉한 모습이었다.

"할아버지가 종을 지키려고 많이 애쓰셨어요."

막내가 말을 이었다. 그의 할아버지는 윤 장로였다.

나는 윤 장로에 관한 말은 그다지 듣고 싶지 않았다. 그의 존재를 내 기억에서 지우고 싶었다. 하지만 종에 얽힌 사연이 있을 성싶어서 귀를 쫑긋 세웠다.

"마을에 교회를 싫어하는 사람들이 꽤 있잖아요. 그런 사람들이 새벽마다 울리는 교회 종소리에 불만을 나타내더니 소음공해라고 주장하고 나왔습니다. 주장만 하고 끝낸 것이 아닙니다. 군청에다 민원까지 넣어서 종을 울리지 못하게 했다니까요. 할아버지가 그들과 오래 싸웠습니다. 결국은 이겼지만요."

막내는 윤 장로가 어떻게 싸우고 어떻게 이겼는지에 관해서는 말하지 않았다. 중요한 것은 아직도 종이 울린다는 것이었다.

나는 윤 장로가 싸울 때 성경말씀을 무기처럼 사용했을 것이라고 짐작했다. 그와 동시에 교회에서 쫓겨난 어머니가 떠올랐다.

나는 어머니의 안부를 물으려고 여동생에게 전화를 했다가 깜짝 놀라고 말았다. 어머니가 며칠 전에 여동생의 집을 떠났다는 것이었다. 여동생은 어머니가 다시 내 집으로 돌아간 줄 알고 안심했고 나는 어머니가 여전히 여동생의 집에 머무는 줄 알고 무심했다. 그렇다면 어머니의 행방이 묘연해진 것이었다.

나는 어머니가 읍내의 집으로 돌아갔을 것이라고 생각했다. 그런데 아내의 말을 듣고서 뭔가 잘못되었다는 불길한 예감이 들었다. 어머니가 아내와 단둘이 있을 때 미리 당부하듯 했던 말이 유언 같았기 때문이다.

어머니가 읍내의 집이 교회가 될 것이라고 했단다. 얼마 전에 집 옆의 방죽이 매립이 되었고 그 자리에 공원이 조성되었다. 그 주변에는 고층아파트가 생겼고 관공서가 이전해 왔다. 그 덕분에 쓰러질 것 같았던 어머니의 집이 값비싼 집이 되었다. 그러나 어머니는 가격 따위에는 관심이 없었다. 우리가 살았던 집이 교회가 되면 좋겠다는 생각뿐이었다. 그런 어머니가 교회를 신축하라고 교회에다 집을 내놓았단다.

"중요한 것은 순종하라는 겁니다. 순종!"

아내는 어머니가 했던 당부의 말을 강조했다. 순종은 교회에서 어떻게 나오든 아무런 이의 없이 따르라는 것이었다. 그렇게 순종해야 할 사람이 나였다.

나는 어머니가 갈 데라고는 교회밖에 없다는 생각이었다. 그래서 교회로 전화를 걸었다.

"조 권사님은 사역을 내려놓으시고 교회를 떠난 지가 꽤 되었습니다."

전화를 받은 사람은 강 목사가 아니었다. 강 목사는 몇 해 전에 퇴임을 했고 교인들이 청빙한 후임 목사가 교회를 맡고 있었다. 그 후임 목사는 어머니에 대해서 내게 해 줄 수 있는 말이 거의 없었다.

나는 어머니의 행방을 알 수 없어서 불안했다. 예전처럼 억척스러운 어머니가 아니었다. 헤아려 보니 어머니의 나이도 일흔을 넘었고 계단을 오르는 일을 힘들어했다. 그런 어머니가 일정한 거처가 없이 떠돌고 있을 것만 같아서 나는 가만히 있을 수가 없었다.

나는 부리나케 여동생의 학교로 찾아갔다. 어머니가 교회를 떠났다면 분명히 교회에서 무슨 문제가 있었을 성싶었다. 어머니는 그런 이야기를 나에게는 하지 않았지만 여동생에게는 다 털어놓았을 것 같았다. 역시 내 짐작이 맞았다.

"어머니가 교회에서 오랫동안 사역자로 일했던 것은 알지?"

"사역? 사역자?"

여동생의 물음에 나는 모른다고 고개를 저었다. 내가 알기로 사역이라면 교회에서 정규 예배와는 별도의 모임을 가질 때에 성도들을 인도하는 역할을 수행하는 것이었다. 어머니라면 기도회에서 사역을 충분히 하고도 남았다.

"어머니는 성령사역자였어."

여동생이 말을 이어 가는 사이에 나는 사도들을 떠올렸다. 사도들은 예수님이 떠나고 없는 지상에서 복음과 구원을 전파했던 제자들이었다. 그들의 메시지는 이스라엘을 넘어 로마에 이르렀고 급기야는 전 세계로 퍼져나갔다. 위대한 선교였다. 그 역사가 낱낱이 「사도행전」에 기록되어 있다.

어머니는 기도회를 이끌면서 「사도행전」은 끝나지 않고 현재에도 계속되고 있다고 외치곤 했단다. 그러면서 사도들을 따라서 방언을 하고 통변을 하고 축사(逐邪)까지 했다고 했다. 신기한 일도 몇 차례 있었다고 했다. 그런데 교회의 담임 목회자가 바뀌면서 어머니의 사역이 문제가 된 모양이었다.

"문제라기보다는 어머니의 사역을 보는 시각이나 견해의 차이겠지."

여동생의 말에 나는 문제가 무엇인지 파악할 수 있었다. 내가 보는 어머니와 타인들이 보는 어머니는 달랐다. 그 다름이 항상 문제였다.

새로 온 목회자는 어머니의 사역이 성경과 다르다고 지적했다. 그리고 교인들에게 혼란을 주고 더러는 시험에 빠지게도 한다면서 사역을 멈추라고 지시했다. 순종을 잘했던 어머니는 기꺼이 기도모임을 중단했다고 한다. 그렇게 끝났으면 아무 일도 아니었다.

"양신(兩神)이 역사한다고 죄목을 달았어."

여동생이 한숨을 쉬며 말했다.

"양신이란 게 뭔데?"

나는 잘 몰라서 물었다.

"성령과 악령이지."

여동생이 침울한 얼굴로 말을 이었다. 어머니가 어느 때는 성령의 음성을 들었다가 어느 때는 악령의 음성을 듣는다고.

나는 머리가 복잡해졌다. 어머니는 성령의 사람이었다. 도저히 악령을 떠올릴 수 없는 사람이었다. 악령이라면 마귀이고 거짓말쟁이에다 살인자였다.

"모함이야. 기독교는 이상하게도 누가 잘되면 뭐라도 꼬투리를 잡아서 사람을 쫓아내는 거야?"

나는 발악하듯 소리쳤다. 예전에 어머니의 신앙이 잘못되었다면서 이단이라고 손가락질 받았던 날들이 떠올랐다.

"나도 그렇게 생각하지만 침착하게 점검해 볼 필요는 있어. 이미 교회에서는 어머니를 마술사 시몬이라고 하는 사람들도 있고, 심하게는 거짓 선지자였다고도 하니까."

여동생이 내놓는 말들은 끔찍했다.

나는 그만 듣고 싶다며 고개를 돌렸다. 내가 아는 마술사 시몬은 사도들이 활약했던 시기에 그저 권능이나 받기를 원했던 거짓 신자였다. 그리고 거짓 선지자는 양의 탈을 쓴 이리 같아서 속이기만 하고 불법을 행하는 자였다.

여동생과 헤어져 돌아가는 길에 나는 기억을 되짚었다. 내 기억을 탈탈 털어도 어머니가 저지른 불법은 떠오르지 않았다. 예수님처럼 사는 것이 인생의 목적인 분에게 불법이 있을 리 없었다. 어머니는 권능을 그렇게 좋아하지도 않았다. 내가 알기로 많은 시간을 눈물로 기도하면서 은혜를 사모했던 어머니였다. 그러나 단정할 수는 없었다. 나는 읍내 교회에서 어머니가 어떻게 신앙했는지 모르기 때문이었다.

어머니의 신앙에 관해서 가장 잘 아는 사람은 강 목사였다. 두 사람은 오랜 세월을 함께 지낸 신앙의 동지이기도 했다. 나는 걸음을 고향으로 돌렸다.

강 목사를 만나려고 가는 길에 장터를 지났다. 장사꾼들 사이에서 어머니의 평판은 아주 좋았다. 그럴 수밖에 없었다. 어머니가 언제나 궂은일을 도맡았기 때문이다. 그것은 누군가에게 잘 보이고자 하는 윤리적인 태도가 아니라 어머니의 몸에 밴 습성이었다.

나는 장터를 터벅터벅 걸어 나오다가 장을 보러 나온 청계댁을 만났다. 청계댁이 멀리서 나를 알아보고 종종걸음으로 다가와서는 다짜고짜 어머니의 안부를 물었다. 어머니가 내 집에 있다고 알고 있는 것이었다.

"성님이 저번에 계단을 못 올라가고 한참이나 앉아 있더라니까. 어디 그럴 분이냐? 그래서 이거 무슨 병이 났구나, 내가 척 알아봤지."

청계댁의 말을 듣고 보니까 어머니가 병을 앓고 있는 것이 분명했다. 나는 모르는 일이었다. 어머니가 병원에 가서 검사를 받았다는 것을 청계댁에게 처음 들었다.

나는 서둘러 강 목사의 집으로 갔다. 강 목사는 읍내에 처음으로 건축된 고층아파트에서 큰아들 부부와 함께 살고 있었다. 그의 아들은 지방대학을 졸업하던 해에 공무원시험에 붙어서 군청에 근무하고 있었고 며느리는 유치원 교사로 일하고 있었다. 내가 어머니에게 들은 말로는 아직 아들 부부 사이에 아이가 없어서 집안 분위기는 쓸쓸하지만 강 목사는 마지막까지 기도제목이 있어서 다행으로 안다는 것이었다.

나이가 아흔에 가까운 강 목사는 마른 나무처럼 약해 보였지만 눈동자의 불씨는 여전히 타고 있었다.

"어머니는 아직 기도원에 있는가?"

"……."

강 목사의 물음에 나는 두 장소가 엇갈리면서 뭔가 이상하다는 생각이 들었다. 장터에서 만났던 청계댁은 어머니가 나와 함께 있는 것으로 알고 있었다. 그런데 강 목사는 기도원에 있다고만 알고 있었다. 그렇다면 어머니가 교회를 떠나면서 가는 곳을 다르게 일러 주었을 수도 있었다. 그러니까 강 목사에게는 기도원이라고 했을 것이고 청계댁한테는 내 집을 말했을 것이다.

나는 기도원이 어디에 있는지만 알아내면 어머니를 찾을 수 있으리라 판단했다. 그런데 어머니의 거처도 모르는 자식이라는 소리를 듣고 싶지 않았다. 생각 끝에 강 목사의 말을 끌어내고자 짐짓 다른 말을 했다.

"어머니가 교회에서 쫓겨난 듯싶던데……."

"오해 말게. 쫓겨나다니? 어머니가 스스로 모든 것을 내려놓은 것이지. 양신이니 뭐니 그런 소리 때문에 곤란에 빠진 것은 사실이야. 하지만 내가 교회에 가서 다 해명을 했고 문제가 없도록 했지. 양신의 역사라는 거, 그런 건 가짜 신자한테나 있는 것이지. 진실로 예수 믿는 사람한테 그따위 귀신이 달라붙고 싶어도 붙지를 못해. 그리고 교회 안에서 그런 핍박이나 박해를 일삼는 짓이 올바른 것은 아니잖아. 그런 박해자들이야말로 스스로를 가짜라고 증명한 거나 다름없지."

강 목사의 말에 어머니에 관한 문제가 속 시원하게 풀렸다.

나는 늘 회개의 기도를 했던 어머니가 생각났다. 어머니는 어제 그렇게도 많은 눈물을 흘리며 기도하고서도 오늘 또 흘릴 눈물이 있었다. 아마 내일도 그렇게 흘릴 것이다. 그러므로 귀신은 그 눈물에 익사할까 두려워서 어머니한테서 달아나 버렸을 것이다.

"그런데 어머니가 왜 기도원으로 가셨습니까?"

"모르나 보군. 하기야 조 권사가 그런 걸 다 말할 사람이 아니지."

어머니를 기억하는 강 목사의 눈동자에서 불꽃이 피어났다가 이내 꺼졌다. 뭔가 좋지 않은 말을 내놓기가 꺼려진다는 표정이었다.

"아들한테도 그런 소리는 안 했나 보군. 실은… 암이라는 진단을 받았어."

"어머니가요?"

나는 놀라서 벌떡 일어났다.

"그래서 기도원에 가서 기도하겠다고 나선 거였어."

강 목사는 나에게 침착하라고 손짓을 했다. 그러고는 어머니의 신앙이라면 그 어떤 병도 물리칠 것이라고 말했다.

나는 못 고치고 죽는 사람이 더 많다는 말이 속에서 나오려고 했지만 꾹 참았다. 교회에서 병을 고쳤다는 기적의 간증은 헤아릴 수 없이 많았다. 그러나 막상 어머니에게 닥친 일이라서 마음이 놓이지 않았다. 불현듯 어머니가 다른 사람은 잘 보면서 자신은 볼 줄 모른다는 것이 생각났다. 전에 아버지의 죽음만 해도 그랬다. 그래서 어머니의 앞날이 흐린 날로 보였다.

"실은 제가 어머니가 있는 기도원을 모르고 있습니다. 어디에 있습니까?"

나는 급해졌다.

"나도 수소문을 해 봐야 아는데……."

강 목사가 난감한 표정으로 말을 흐렸다가 바닷가 근처의 기도원이라고만 말했다. 그러면서 교회에다 두고 온 수첩을 뒤적거려야 정확한 주소를 알 것 같다고 했다.

"서두르지 말고 조 권사에게 기도할 시간을 줘야지. 도무지 겁이라곤 없는 사람이니까."

강 목사가 차분하게 한 말에 나는 조금 진정이 되었다. 그래서 기도원 주소를 알아내면 즉시 전화를 부탁한다며 그에게 명함을 건넸다.

나는 강 목사의 집을 나서면서 오래전부터 어머니에 대해서 묻고 싶은 것이 있었는데 묻지 못한 것이 떠올랐다. 그것은 강 목사만이 대답해 줄 것이었다.

나는 막 신앙을 시작했을 때의 어머니가 궁금했다. 어머니가 무작정 성경을 읽다가 저절로 믿음이 생겼을 것 같지는 않았다. 내 경험에 의하면 나도 어려서부터 성경을 읽었고 기도도 했지만 신앙은 성장하지 않았다. 아무래도 어머니의 신앙은 초기단계에서 크게 성장할 무엇이 있었을 성싶었다. 어머니의 시작이 남달랐던 것은 분명했다. 그 남다른 것은 과연 무엇이었을까. 세상에 그 무엇도 시간이 흐르면 작아지고 퇴색되고 힘을 잃기 마련이다. 그런데 어머니의 경우는 그 반대였다. 대체 그것은 무엇일까. 나는 기도원에서 어머니를 만나게 된다면 직접 물어봐야겠다고 생각했다.

13

드라마 「끊어질듯 이어지는」의 첫 촬영지와 강 목사가 알려준 기도원은 먼 거리가 아니었다. 자동차로 달리면 금방 오갈 수 있는 거리였다.

오후 늦게 촬영하기로 했으니 나는 먼저 출발해서 기도원에 들러볼 작정이었다. 그러면 오후에 일을 할 수 있었다. 하지만 다급해진 나는 하루 전에 기도원으로 출발했다. 어머니와 하룻밤을 보내고 싶어졌다. 암에 걸린 어머니가 갑자기 돌아가실 수도 있다는 불안감이 있었던 것이다. 내가 어머니와 함께할 시간이 그리 많지 않을 듯했다.

기도원 근처에 이르렀을 때에 해가 기울었다. 금빛으로 물든 바다는 가을 들판처럼 넉넉한 풍경이었다. 찬란한 햇빛을 고스란히 간직했다가 내일이 되면 되돌려주겠다고 노을이 속삭였다. 그 소리가 나를 위로했다.

나는 위로의 말에 귀를 기울이려고 갓길에 정차했다. 고운 빛깔이 말했다. 오늘은 가고 없겠지만 내일이라는 시간이 다가온다고. 그 빛깔 너머로 어머니의 얼굴이 어렴풋이 나타났다.

어머니는 오늘을 세상이 끝나는 날로 알고 살았다. 하지만 나는 내일이 온다는 생각을 머리에서 지워 본 적이 없었다. 아, 그것이 어머니와 나의 다른 점이었을까. 내일은 없다. 오늘을 마지막으로 알고 산다. 그래서 어머니의 삶의 태도와 신앙이 남달랐던 것일까. 지금 죽어도 천국 간다는 어머니의 확신을 그렇게 연결 짓고 나니 가슴에 뭔가 꽉 들어찬 기분이었다.

나는 다시 출발했다. 그리고 얼마 가지 않아서 기도원 이정표를 발견했다. 이정표는 마을의 신작로에서 산으로 난 길에다 화살표를 맞추고 있었다. 겨우 자동차 한 대가 갈 수 있는 좁은 비탈길이 나왔다. 길 양편은 물고랑이었다. 나는 좌우의 백미러를 번갈아 보며 가속페달을 약하게 밟았다. 그렇게 한참을 갔는데 승용차로는 오르기 힘든 급경사의 언덕이 나타났다. 기도원은 그 언덕 너머에 있을 듯했다.

나는 차를 세워 놓고 걸어서 언덕을 올랐다. 역시 예상대로였다. 언덕 정상에 올라서자 꽤 넓은 평지가 나왔고 길차게 자란 나무들 사이로 기도원이 보였다.

기도원은 고향의 교회처럼 낡은 슬레이트 지붕에다 벽을 단단한 돌로 쌓아 올린 건물이었다. 그 주변으로 집이 몇 채 흩어져 있었는데 겨우 방 한 칸이나 될 정도로 작았다. 저 방들 중 하나에 어머니가 있다는 생각을 하자 내 목이 뜨거워졌다. 어머니를 크게 부르면 금방이라도 뛰어나올 것만 같았다.

기도원 마당 가운데에 가마솥을 올린 화덕이 있었고 장작불이 타고 있었다. 나는 불 가까이 다가갔다. 오랜만에 보는 불이라서 반가웠다. 불은 타닥타닥 소리를 내면서 헛바닥을 날름거렸고 찬란한 빛과 뜨거운 열을 뿜어냈다.

그때 붉게 타오르는 불 속에서 어머니가 보였다. 어머니는 환상의 빛 속을 떠다니듯 걷고 있었다. 어머니가 손에 양초 같은 것을 들고 있었다. 그리고 그 불을 여러 사람에게 나눠 주고 있었다. 나눴다고 해서 어머니의 불이 작아지거나 사라지는 것은 아니었다. 불을 나누는 것이 내가 가진 불을 누군가에게 붙여 주는 것이었기 때문이다. 그래서 불은 불이 되었다.

아, 어머니는 불이었다. 그 인생과 신앙이 불이었다. 나는 불을 바라보면서도 불이 되지 못했다. 하지만 어머니는 처음부터 불이었고 지금도 여전히 불이다. 오래전에 꺼진 나의 불은 이제 어둠에 묻혀 있다. 그래도 희미하게나마 불씨가 남아 있어 다행이다. 불씨는 바람이 불면 사라질 재에 불과하다. 그렇다고 하찮게 볼 수는 없다. 내가 거기서부터 다시 시작할 수 있기 때문이다. 어떻게 하면 그것을 살릴 수 있을까. 그리고 그 누가 살릴 수 있을까. 어머니다. 어머니라면 방법이 있을 것이다. 그래서 어머니를 만나고 싶다. 살다 보니 사는 것이 만만치 않다. 불을 품고 살아야 살 수 있을 것 같다. 살아야 한다. 살기 위해서 어머니를 만나야 한다.

내가 불 속에서 어머니를 찾고 있을 때 등 뒤에서 인기척이 들렸다. 장작불을 피운 사람이었다. 그 사람이 기도원의 원장이었다. 남루한 차림의 원장은 백발이 성성했지만 얼굴에 살이 도톰해서 건강해 보였다.

원장이 나를 찬찬히 훑더니 왜 왔는지 안다는 듯 물었다.

"누굴 찾아오셨는지 알겠소. 딱 보니까 누굴 닮았네요."

그러면서 원장은 어머니의 이름을 대고 내게 그 아들이 아니냐고 물었다. 나는 그렇다고 정중하게 대답했다.

어머니와 닮았다는 것은 내게 기분 좋은 소리였다. 고향에서는 어디를 가도 어머니를 아는 사람이 많았고 그들은 하나같이 어머니를 말하다가 예수님과 어머니를 연결해서 말을 이었다. 원장도 다르지 않았다.

"조 권사님이 입만 열면 하는 말이 있더군요. 예수님이 말씀하시길. 바울이 말하길. 그렇게 '길'이라는 소리를 하도 많이 해서 내가 '길' 권사님이라고 별명을 붙였습니다. 아, 그런데 그게 잘못되었나 싶네요. 이거 미안해서 어쩌죠?"

나는 무슨 말인지 못 알아듣고 어리둥절했다.

"지금 여기 안 계시고 길 떠났다는 소립니다."

어머니가 기도원을 떠나고 없다는 소리를 원장은 농담처럼 말했다. 그러나 나는 심각했다.

원장은 어머니가 기도원에 왔다가 떠나게 된 자초지종을 대략 이야기했다. 먼저 어머니는 기도원에 와서 거액의 헌금을 냈다고 했다. 기도원이란 곳이 세상에서 실패한 후에 기도로 일어서겠다는 사람들이나 찾는 곳이었다. 그래서 헌금은 기대도 않고 있었다. 간혹 세상과 담을 쌓고 기도하며 살겠다고 가진 것 다 가져온 이들도 있기는 했다. 그렇지만 어머니는 그 두 경우에 해당되지 않았다. 아픈 사람이라고 했지만 표정이 건강해서 미심쩍기도 했다. 어머니는 처음 며칠간은 조용히 기도만 했다. 그러다가 어느 날부턴가 기도의 줄을 제대로 잡은 듯 그야말로 전쟁터를 연상시키는 소리를 내기 시작했다. 그런 어머니를 지켜보면서 감탄한 어머니 또래의 여인이 한 분 있었다. 그분은 몇 달간 기도에 푹 빠져 있고 싶어서 기도원에 온 분이었다. 그분과 어머니는 즉시 기도의 동지가 되었다. 두 분이 며칠간 함께 손잡고 기도하다가 돌연 기도를 멈추었다. 그러더니 기도원을 떠나겠다고 했다.

"며칠만 더 기도하면, 그 기도 소리에 산사태가 일어날 것 같았죠. 그래서 나는 솔직히 두 분이 떠나셨으면 하는 마음도 있었습니다. 그런데 뜬금없는 소리에 놀랐습니다. 두 분이 전도여행을 가겠다고 했으니까요."

"전도여행이라뇨?"

내가 묻는 말에 원장은 짧게 대답했다.

"바울처럼 말이죠."

나는 바울의 선교여정이 떠올라서 적잖이 놀랐다. 사도바울의 전도여행은 이스라엘의 기독교를 세계의 기독교로 바꿔 놓은 역사적인 사건이었다. 그런데 그것은 수차례 죽을 고비를 넘나들었던 험난한 여정이었다.

원장은 굳게 다문 내 입술을 바라보며 그 정도는 아니라는 듯 말을 이었다.

"전국을 떠돌면서 아무나 붙잡고 복음을 전하겠다는 것은 아닌 것 같았습니다. 우리나라는 어디를 가더라도 교회가 있잖아요. 그러니까 교회에서 잠자리를 해결하면서 교인들과 성령체험을 나누는 것을 여행의 목적으로 세운 것 같았습니다."

원장은 어머니의 전도여행이 대수롭지 않다는 듯 나를 위로했다.

그러나 나는 심각해졌다. 일단 시작한 일이라면 기어코 끝을 보는 어머니의 기질을 누구보다 잘 알기 때문이었다. 게다가 어머니는 대충 하고 마는 성격이 아니었다. 나는 깊은 한숨을 내쉬었다. 타락한 세상과 부패한 교회를 보면 어머니가 어려운 길을 선택한 것이 틀림없었다. 기독교에 적대감을 품고 있는 세상이라서 선교가 통할 리 없다. 먹고살 만한 행복한 세상이라서 진리는 찬밥이다. 그뿐만이 아니다. 역설적이게도 선교할 곳이 교회라는 것이 나를 불안하게 했다.

"교회는 변화될 가능성이 없는 곳인데……."

나는 혼잣말을 했다. 돌이켜 보면 어머니를 가장 심하게 공격한 곳이 교회였다. 그리고 공격자들은 교인들이었다. 교회는 전통을 고수하고 교인들은 교리를 믿는다. 전통이 다 옳다고는 볼 수 없으며 교리는 인간이 만든 것이다. 그러므로 전통과 교리보다는 성경의 진리를 깨달아서 똑바로 믿어야 한다. 문제는 그런 말을 하면 수상한 신자가 된다는 것이다. 잘못 믿다가 구원받지 못할 수도 있다고 하게 되면 공격을 받는다는 것이다.

"거룩한 열심을 내는 노인들이라서 내가 막을 도리가 없더군요. 그렇지만 노인들입니다. 떠돌다 보면 금방 한계를 느끼고 한곳에 눌러앉아 기도하고 싶어질 겁니다."

원장은 어머니를 모르고 하는 소리였다.

나는 걱정스러웠다. 곳곳의 교회를 돌아다니면서 전도를 한다는 것이 교회와의 싸움이고 교인들과의 싸움이라고 생각했기 때문이다. 싸움은 피하는 것이 상책인데 어머니는 오히려 싸움을 즐겼다.

나는 원장에게 어머니의 건강을 물었다. 길을 가려면 체력이 받쳐 줘야 한다. 과연 어머니가 견뎌 낼 수 있을지 걱정이 앞섰다. 원장은 어머니의 건강에 대해서는 아는 것이 없었다. 다만 혼자가 아니라 둘이서 다니니까 크게 염려하지는 않아도 된다고만 말했다.

불에서 멀어지자 몸이 금세 추위를 느꼈다. 나는 어머니를 생각하며 추위를 물리쳤다. 역시 어머니는 달랐다. 인생의 목적이 행복이 아니었다. 천상을 꿈꾸는 이에게 지상의 행복은 무의미한 것이었다. 바로 그것이 어머니를 불이 되게 했을 것이다. 그 불은 인내와 희생으로 강렬해졌다. 그렇지만 불도 꺼져 갈 때에는 약해지는 법이다. 그래서 여태껏 쉼 없이 달려왔는데 더 달리겠다고 나선 어머니를 이해할 수 없었다.

숲길의 밤은 어두웠다. 나는 기도원에서 바닷가 길까지 내려오는 동안 어둠을 몰랐다. 걸음을 멈추고 보니 어둠만 짙게 보였다. 거침없이 걷는 것만이 어둠을 헤치는 방법이었다.

 밤바다에는 물방울처럼 작은 불빛들이 떠다니고 있었다. 나는 곰솔 우거진 해안가에 차를 세우고서 한참이나 바다를 바라보았다. 그리고 그 작은 불빛들이 별이라는 것을 뒤늦게 알았다. 나는 별들에게 어머니가 어디쯤 가고 있는지 물어 놓고 대답을 기다렸다. 날이 밝기 전에 별들이 내게 어머니의 행방을 일러 줄 것 같았다.

 눈을 떴을 때는 아침이었다. 별들은 사라지고 없었다. 나는 썰물과 밀물이 교차하는 바다를 보면서 바닷가에서 어머니를 만나리라 기대했다. 왜 그런 생각이 들었는지는 모르겠지만 어머니는 굽이진 데다 낭떠러지도 많고 파도가 철썩거리는 길을 갈 것 같았다. 쉬운 길은 어머니의 길이 아니었다.

 나는 크게 기지개를 켠 다음에 운전대를 잡았다. 그러고서 길 위의 사람들을 살피면서 아주 느리게 차를 몰았다. 얼마쯤 가다가 활처럼 굽이진 길이 나와서 가슴이 뛰었다. 보이지 않는 저곳에서 어머니가 서서히 나타날 것만 같았다. 좁은 길에도 눈길이 갔다. 교회가 있는 곳은 그냥 지나치지 못했다. 그렇게 한나절을 길에서 보내다가 촬영장으로 갔다.

14

해 질 녘에 드라마 제작진들이 모두 숲길에 모였다. 나를 포함해서 조명팀은 일곱 명이었다. 연출팀, 촬영팀, 녹음팀 등을 합하면 서른 명을 훌쩍 넘는 인원이었다. 그중에 연기자는 단 두 사람뿐이었다. 절벽에서 뛰어내릴 신인 여배우와 그녀를 죽이기 위해 추격하는 험상궂은 괴한이었다.

나는 이미 조명의 색조를 계산해 뒀다. 드라마 「끊어질듯 이어지는」은 초록빛으로 시작한다. 초록은 자연이고 상큼하다. 그런데 인간이 등장하면서부터 초록은 짙어져서 불길하고 위험한 빛깔이 된다. 그러다가 절벽 위에서는 파란빛으로 바뀐다. 파란빛은 어둠과 섞여서 깊은 절망과 슬픔을 준다. 색조는 편집할 때 수정하기 까다로우니 촬영장에서 조명이 신경 써야 할 일이었다.

조연출이 촬영의 시작을 알리자 배우들이 움직이기 시작

했다. 숲길의 추격 장면이 시작되었다.

맨발의 여자가 가시나무 숲으로 달아난다. 칼을 든 사내가 뒤를 바짝 쫓는다. 가파르고 굽이진 길이라서 숨소리가 거칠다. 풀과 나무가 무성한 숲이라서 발소리가 사납다.

갑자기 소리가 사라진다. 길도 보이지 않는다. 암전(暗轉)이다. 다시 화면이 밝아지면 희미하게 길이 나타난다. 그러나 걸을 수 있는 길이 아니다. 아주 험한 절벽이고 낭떠러지다.

여자는 한 걸음도 나갈 수 없다. 사내는 서서히 여자와의 거리를 좁히면서 음흉한 미소를 흘린다.

"드디어 끝내야 할 시간이야."

사내의 매서운 목소리에서 칼날이 번뜩인다. 그는 여자의 목숨을 노리고 수년간 추격자로 살아온 자다. 그의 오랜 노력이 마침내 결실을 보게 된 것이다.

"끝은 없어. 난 이렇게 살아 있잖아."

여자가 하늘을 향해 속삭이며 용기를 낸다. 하지만 그 눈빛은 절망감으로 어두워져 있다.

바람이 불고 여자의 치맛자락이 흔들린다. 이제 그녀는 선택해야 한다. 절벽 아래로 뛰어내릴 것인가 아니면 그대로 주저앉을 것인가를. 절벽은 위에서 보나 아래에서 보나 아찔한 높이다. 거기서 한 발을 떼면 죽는다. 그렇다고 그대로 주저앉으면 사내의 칼에 당할 게 뻔하다. 어느 쪽을 선택해도 죽음을 피할 수 없다.

"컷! 좋았어. 됐어!"

모니터를 보고 있던 감독이 소리쳤다. 그 소리에 숲에 흐르던 긴장감이 일시에 사라졌다.

감독은 후반작업에 치중하는 편이라서 비교적 촬영을 쉽게 했다. 표정 연기가 많은 세트장에서는 까다로운 면도 있었다. 하지만 배우의 동선을 담아내는 야외현장에서는 대체로 시간을 오래 끌지 않았다.

나는 조명기를 들고 절벽 쪽으로 자리를 옮겼다. 발밑에는 발전차에서 끌어온 굵은 전선이 넝쿨처럼 뻗어 나 있었다.

"발 조심해."

나는 지나가는 제작진들에게 주의를 줬다. 그러면서 힘껏 전선을 끌어올려서 위쪽에 있는 현수에게 전달했다. 전선은 깎아지른 낭떠러지 위까지 뻗어 갔다. 조금 있으면 거기서 여배우가 추락할 예정이다.

드라마에서 여자는 추락한다고 해서 다치거나 죽지 않는다. 그녀에게 추락은 끝이 아니라 시작이기 때문이다. 하나의 문을 나와서 다른 문으로 들어가는 것이다. 그러니까 추락이란 것이 일종의 통과인 것이다. 여자는 투명한 물방울과 환상의 빛에 에워싸여 아름답고 신비롭게 다시 태어난다. 사람을 두려움에 떨게 하는 죽음을 그녀가 이기는 것이다. 그것을 알고 있기에 무거운 장비를 손에 든 제작진들은 어딘지 모르게 들뜬 표정이었다.

그러나 앳된 얼굴의 여배우만은 사뭇 진지한 눈빛이었다. 오직 그녀를 향해 서 있는 카메라와 오디오 그리고 조명장비 등이 긴장감을 주는 모양이었다. 사실 그녀는 아직 연기 수업이 덜 된 신인이었다. 그녀가 여러 경쟁자들을 물리치고 발탁된 것은 감독의 눈에 들었기 때문이다. 감독이 당찬 표정을 보여 줄 수 있는 얼굴을 찾다가 연기학원에서 우연히 그녀를 발견했다고 한다. 그리고 그녀를 요모조모 뜯어보고 나서 그 자리에서 주인공으로 낙점했단다. 그때 감독은 그녀의 부릅뜬 눈에서 의지의 불꽃이 보이고 울어도 슬퍼 보이지 않은 눈동자가 신비로웠다고 했다. 그런 그녀가 절벽에서 뛰어내리는 장면을 직접 하겠다고 해서 모두가 놀랐다. 자칫 잘못하면 사고가 벌어질 수도 있는 위험한 장면이기 때문이다.

"걱정 마세요. 제가 잘할 수 있어요."

여배우가 감독에게 하는 말이 들렸다. 그녀의 태도와 자세가 마음에 들었는지 감독의 표정이 밝았다. 모름지기 시작하는 사람은 마음가짐이 남달라야 하는 것이다.

실제로 여배우는 절벽에서 뛰어내리지 않는다. 그녀가 절벽 위에 서면 뒷일은 후반작업이 할 것이다. 절벽의 높이는 사람 키의 서너 배쯤 되지만 방송에 나갈 때는 그래픽 작업을 거쳐서 열 배쯤은 늘어나 있을 것이다. 그리고 그 장면에서 종소리가 흐를 것이다. 땡그렁, 때앵, 땡……. 맑고 청명한 소리가 강물처럼 흐른다.

내가 읽은 원작에는 종소리가 없었다. 그런데 드라마 대본에는 효과음으로 빈번하게 등장했다. 아마도 감독은 소리에다 무슨 의미를 담고 싶은 듯했다. 종소리가 끊어질 것 같다가도 끊이지 않고 울려 퍼지는 것은 누가 들어도 어떤 메시지였다.

등 뒤에서 종소리가 또 들렸다. 나만 듣는 소리일까. 주변을 둘러보니 모두들 맡은 일을 붙잡고 분주하게 움직일 뿐이었다. 나는 촬영 전에 받은 대본을 단숨에 읽고 나서도 어디선가 종소리가 들리는 듯해서 자꾸만 주변을 둘러봤다. 소리는 끊어진 것 같지만 이어지고 있었고 끝난 것 같지만 다시 시작되고 있었다.

"자, 스탠바이. 준비됐죠? 들어가겠습니다."

여배우를 절벽 위에다 세워 놓은 조연출이 카메라 앞으로 돌아오며 소리쳤다.

나는 절벽 아래에 있는 조명기사에게 무전을 보냈다. 그러자 푸르고 차가운 색감의 빛이 절벽 아래에서 하늘로 쏘아졌다. 그것은 여배우의 뒤를 비추는 역광이기도 했다. 추락 장면은 슬로모션으로 촬영할 것이라서 나는 조명을 더 밝혔다. 그러자 여배우와 괴한에게 조명이 집중되어 주변과의 명암이 뚜렷해졌다.

조명과 카메라를 확인한 감독이 큐 사인을 냈다. 그와 동시에 두 배우의 연기가 시작되었다.

여자의 볼에 눈물이 흐른다. 그 눈물에 빛이 들어간다. 희미한 달빛이다. 사내의 칼에도 빛이 번들거린다. 싸늘하고 차가운 빛이다.

여자의 눈과 사내의 입술이 교차한다. 떨리는 눈동자와 씰룩거리는 입술. 시선이 서서히 아래로 내려간다. 여자가 추락할 순간이 온 것이다.

여자의 발끝에 시선이 모아진다. 남자의 발이 움직이려는 순간에 여자의 발이 먼저 움직인다. 지상에서의 마지막 걸음이다. 그리고 추락이다.

바로 그때였다. 여배우의 발끝에 걸린 주먹만 한 돌멩이 하나가 굴렀다. 발에 차인 그 돌멩이는 곧장 절벽 아래로 떨어졌다.

"아악!"

갑자기 절벽 아래에서 비명 소리가 하늘을 찌를 기세로 솟아올랐다. 그와 동시에 하늘을 향했던 조명이 사라져 버렸다. 절벽 아래에 있던 HMI 조명기가 넘어진 것이 분명했다.

나는 사고를 직감했다. 아니나 다를까 주머니에 넣어둔 무전기에서 다급한 목소리가 들렸다.

"감독님, 다쳤어요! 돌, 돌에 맞았어요!"

조명기사의 목소리였다.

나는 가슴이 마구 뛰어서 이러지도 저러지도 못했다. 내가 돌에 맞은 듯해서 당혹스럽기도 했다. 갑자기 몸의 곳곳이 욱신거렸다.

절벽 아래에는 두 명의 조명팀원이 내려가 있었다. 그중에 한 명이 막내였다. 나는 막내가 사고를 당했다고 짐작했다. 아마도 조금 전에 여배우의 발에 차여 굴러간 돌멩이가 흉기가 된 듯했다. 거기까지 생각하자 나는 심장이 멎는 듯해서 숨 쉬기가 곤란했다. 그리고 두려웠다.

"감독님! 내려오세요."

아래에서 나를 부르는 소리가 연거푸 들렸다. 그러나 나는 멍해져서 아무런 생각도 못하고 다리가 후들거려서 발을 떼지도 못했다.

조연출이 얼른 내 팔을 잡더니 절벽 아래로 가 보자고 이끌었다. 나는 겨우 정신을 차리고 허겁지겁 걸음을 내디뎠다.

제작진들이 끌고 온 차량이 절벽 아래 자갈밭에 일렬로 주차되어 있었다. 막내가 잡고 있어야 할 조명기가 쓰러져 있었고 전원도 꺼져 있었다.

특수효과팀의 건장한 청년이 막내를 등에 업고 뛰어왔다. 막내의 얼굴은 피범벅이었다. 조연출은 재빨리 막내의 상태를 살피더니 돌에 맞은 부위가 머리라는 것을 알고서 털썩 주저앉았다. 지금 이럴 때가 아니라고, 병원으로 가야 한다고 누군가가 소리쳤다.

온갖 소리가 소나기처럼 일시에 쏟아져 내렸다. 물결 소리가 거칠었고 바람 소리가 날카로웠다. 그런 소리가 울리는 하늘은 시퍼렇게 멍들어 있어서 무섭게만 보였다.

나는 막내를 어떻게 차의 뒷좌석에다 옮겼는지 모르겠다. 잠시 후에 정신을 차리고 보니 아주 거칠게 운전하고 있었다. 핸들을 잡은 나는 아무 생각이 없었다. 그저 어두컴컴한 숲길을 세차게 질주하고만 있었다.

국도를 달리다가 도심 입구에서 불 켜진 병원을 발견했다. 다행이었다.

막내는 곧장 응급실로 들어갔다. 나는 혼자라는 것을 알고 나서 몹시 두려워졌다. 방금 전까지 내 곁에서 숨 쉬었던 막내가 머지않아 숨이 멎은 시신이 될까 봐서 공포감이 든 것이었다. 죽음이라는 검은 그림자가 곁에서 서성거리는 것 같았고 슬그머니 다가와서 뭐라고 속삭이는 것도 같았다.

나는 응급실 문 앞에 서서 두 손으로 머리를 감쌌다. 머리통이 깨지고 부서질 듯 아팠다. 참담하게도 돌에 맞은 기분이었다. 그때 등 뒤의 반쯤 열린 창문으로 차가운 바람이 휙휙 소리를 지르며 들어왔다. 그 바람결에 귀에 익은 목소리가 실려 있었다.

"두려워하고 있구나."

바람의 소리가 아니었다. 환청도 아니었다. 내가 어렸을 적에 어머니가 입버릇처럼 속삭였던 말이었다. 아주 많이 그리고 자주 들었던 그 말은 뚜렷했다.

아, 어머니. 내가 암담한 걸 알고 찾아왔군요. 나는 허공을 올려다보며 속말을 했다. 그런데 어머니가 보이지 않아서 몸에서 힘이 쓱 빠져나가는 듯했다. 나는 주저앉고 싶었지만 안간힘을 쓰며 버텼다. 그러면서 어머니를 찾았고 부르기도 했다.

돌이켜 보면 나는 난감한 순간을 만날 때마다 어머니를 찾았다. 어릴 적에는 어려서 찾았다. 하지만 나이가 들었는데도 어머니를 찾는 것은 어머니의 힘을 알기 때문이다. 살아 보니 인생이란 강해지고 약해지기를 반복하는 것이라서 언제나 나를 돕는 힘이 필요했다. 그런 힘을 어머니는 갖고 있었다.

어머니를 오래 생각했더니 어머니가 저 멀리서 나를 향해 오고 있는 것만 같았다. 그래서 조금 용기가 났다. 생각해 보니 어머니는 용기에 대해서도 자주 말했다. 용기란 불같아서 점점 뜨거워지는 속성을 갖고 있다고 했다. 뜨거워지는 것은 움직이는 팔과 다리가 아니라 가만히 있는 마음이었다. 그러므로 용기는 행동이 아니라 마음의 상태라고 했다. 그 뜨거운 마음에는 두려움 같은 차가운 감정이 들어오지 못한다고 했다.

"이만한 일이 뭐가 두렵냐? 그때가 오면 어떻게 하려고 그러냐?"

어머니의 음성은 가깝고도 생생했다. 또 듣고 싶어졌다.

나는 살며시 눈을 감고 옛 기억으로 빠져들었다. 어머니를 생각하지 않고는 두려움을 이겨 낼 수 없을 듯했다. 그래서 기억이라도 붙잡고 싶었다.

그런데 그 순간에 등 뒤에서 유리창 깨지는 소리가 났다. 그와 동시에 어머니가 아니라 유령 같은 사람이 불쑥 나타났다. 유령은 깨진 유리창을 뚫고 들어오더니 곧 사람으로 변신했다. 그 사람은 윤 장로였다. 그의 눈에서 피눈물이 흘러내리고 있었다. 윤 장로는 내게 뭐라고 마구 소리를 질렀다. 들리지는 않았지만 그의 입 모양으로 봐서 내가 그의 손자를 죽였다고 소리치는 것이 틀림없었다.

나는 흠칫 놀라서 자리를 옮겼다. 그러나 멀리 가지 못하고 몇 걸음 만에 벽을 만났다.

윤 장로는 막내의 보호자였다. 나도 역시 보호자였다. 법적이 보호자가 윤 장로라면 나는 현실적인 보호자였다. 보호자의 의무란 것이 어찌나 무거운지 나는 주저앉고 싶어졌다. 나는 벽을 짚어 가며 겨우 걷다가 긴 의자를 발견하고 털썩 앉았다.

아무런 생각도 없이 가만히 있었더니 시간이 멈춘 듯했고 내 심장도 뛰지 않은 듯했다. 그런데 밤은 점점 깊어 가고 있었고 나는 숨 쉬고 있었다.

눈을 감았더니 어머니의 목소리가 다시 들렸다.

"아직은 두려워할 때가 아니다."

나는 눈을 뜨고 어머니를 향해 손을 내밀었다. 그러나 어머니는 다가오지 않고 멀찍이 서 있기만 했다.

병원 복도에는 신음 소리가 사나운 물결처럼 흐르고 있었다. 악마가 서서히 다가오는 것만 같아서 나는 오싹해졌다.

악마를 내쫓은 것은 발소리였다. 여러 사람의 발이 나를 향해 오고 있었다. 고개를 들고 보니 조명팀원들이었다. 그중에서 앞장선 현수가 내게 보고를 했다.

"감독님, 촬영 끝났어요."

"고생했어."

나는 지쳐 보이는 현수의 눈동자를 보며 어깨를 토닥거려 줬다.

"뭐 하러 왔어? 끝났으면 바로 올라가지."

나는 중얼거리듯 말하며 팀원들을 바라봤다. 그들은 촬영이 끝나자마자 엉킨 전선을 풀어 정리한 후에 곧장 병원으로 달려온 것이었다.

"어떻게 그럴 수 있습니까? 다 같이 움직여야죠."

현수의 말에 모두가 동의하는 표정이었다. 나는 그들에게 앉으라고 손짓을 했다.

조명팀원은 각자 직책이 있고 맡은 일이 달랐다. 그러나 하나의 일을 협력해서 하는 동료였고 한솥밥을 먹는 식구였다. 모두가 다친 막내를 걱정하며 식구로서의 책임감을 느끼는 눈빛이었다.

"미리 살피지 못했어요."

현수가 고개를 조아리며 말했다.

나는 현수의 어깨를 어루만졌다. 그러고서 애써 미소를 지으며 말했다.

"잘못은 나에게 있어."

나는 말하고 나서 입술을 질끈 깨물었다. 아무리 후회를 해도 벌어진 일을 되돌릴 수는 없었다. 그렇지만 후회라도 해야 죄책감에서 빠져나올 것 같았다.

나는 막내가 절벽 아래로 내려가기 전에 했던 말이 생각났다. 스탠드가 바람에 넘어지지 않도록 꽉 붙들고 있으라고 했었다. 갑작스럽게 조명을 끄게 되면 조명기의 수명이 단축될 수 있으니 자리를 잘 지켜야 한다고도 했었다. 그 말이 사고를 키웠다는 생각에 머리가 아팠다. 막내도 시작하는 태도와 자세가 남달랐다. 뭐든지 기꺼이 하겠다는 마음이 엿보였다. 맡은 일에 최선을 다하려고 했으니 돌이 떨어져도 자리를 지켰던 것이다. 스탠드에다 무게 추를 설치했더라면 막내가 조명기와 거리를 두고 있었을 것이다. 그랬더라면 포탄처럼 떨어지는 돌을 발견하고 피할 수도 있었을 것이다. 어쨌거나 내 잘못이 컸다.

막내의 상태가 어떤지 누구도 묻지 않았다. 누구라도 묻는다면 뇌손상, 뇌출혈, 뇌사 따위의 섬뜩한 말들이 나와서 공포감에 흠뻑 젖을 것이다. 그렇다고 침묵의 상태를 유지하는 것도 좋은 것은 아니었다. 몸이 뻣뻣하게 굳어 가고 있는지 조금 움직이는 것도 힘에 부쳤다.

고요하고 무거운 침묵 속에서 다들 피곤했는지 스르르 눈을 감았다. 그때 나만은 깨어 있고 싶었다. 그래서 조용히 일어났고 모르게 조금씩 자리를 옮겼다.

"감독님, 좋은 쪽으로만 생각하게요."

현수가 실눈을 뜨고 나를 보더니 작게 말했다. 그 말에는 힘이 있었다. 그 힘은 내가 몇 걸음 더 걸을 때 선(善)을 생각하게 했다.

나는 툭하면 악(惡)을 상상하며 그것에 끌려다녔다. 싫고 나쁘고 괴로운 상황과 슬프고 절망스럽고 한탄스러운 결과에는 언제나 악이 드러났다. 그 반대의 상황과 결과는 악을 떼어 내야 찾아올 것이다. 그렇다면 그것을 어떻게 떼어 낼 것인가. 간단하게도 좋은 생각만 하는 것이다. 그러다 보면 선의 존재를 믿게 될 것이고 기대하게 될 것이다. 선은 사람을 당당하게 할 것이라서 생각만 해도 악이 더는 찾아들지 못할 것이다. 아주 단순한 원리를 나는 너무 늦게 깨달아서 부끄러웠다.

　어디선가 종소리가 들렸다. 아주 멀리서 울리는지 소리가 희미했다. 환청이었다. 하지만 종소리에 섞인 막내의 목소리는 뚜렷했다.

　"모르게 조금씩, 종소리의 역할이란 것이 그런 것이라던데요."

　얼마 전에 막내가 했던 말이었다. 그때 막내는 윤 장로가 마을 사람들에 맞서서 교회의 종탑을 지키려는 중요한 이유가 그것이라고 했다. 종이 울릴 때마다 사람들의 마음은 저도 모르게 조금씩 변할 것이라고 했단다. 이른바 소리에 잠식(蠶食)되는 것이다. 교회에나 한번 가볼까. 정말 하나님이 있기는 있는 것일까. 누구라도 종소리를 들을 때면 잠깐이라도 그런 생각을 할 수 있다고 믿은 것이었다. 윤 장로가 그렇게 깊은 뜻을 품고 있다는 생각에 나는 눈이 따가워졌다.

나는 소리와 빛이 다르지 않다고 생각했다. 한 공간에 오래 머무는 빛은 그 안의 모든 것을 빛이 뿜어내는 색채로 젖어 들게 하거나 녹아들게 한다. 그리하여 사물이든 사람이든 빛과 하나가 되고 만다. 그것이 내가 좋아하는 빛의 위대한 성질이다. 소리도 한곳에서 지속적으로 오래 울린다면 그럴 것이다. 생각해 보면 어머니의 기도 소리가 그랬다.

다시 어머니가 떠올랐다. 살다 보면 두려운 순간을 자주 만나게 될 것이라고 어머니가 했던 말이 생각났다. 그 순간이 지금이었다. 내 옆에서 사람이 죽어 가고 있었다. 이제 갓 스무 살이 된 막내가 죽을 수도 있었다.

아, 죽음을 생각했더니 어머니가 말한 '때'가 분명해졌다. 어머니는 사람이라면 누구나 정말로 두려워할 때가 온다고 했다. 나는 그 '때'가 언제쯤이냐고 묻지 않았지만 살면서 저절로 알게 되었다. 살아 있는 모든 순간이 바로 그 '때'였다. 그리고 그때에도 어머니가 말한 '때'는 아직 오지 않았다.

어린 나는 떨리는 목소리로 물은 적이 있었다.

"사람은 다 죽나요? 나도 죽나요?"

"당연하지. 나도 죽고 너도 죽어!"

어머니의 대답은 매몰차고 단호했다. 그래서 나는 울음을 터뜨리고 말았다.

"그런데 그때부터 사는 사람도 있어. 그 사람은 영원히 살게 될 거야."

나를 달래려고 어머니가 웃으며 말했다. 그런데 내 눈에서는 눈물이 그치지 않았다. 내가 금방이라도 죽을 것만 같았기 때문이다.

잠깐 눈을 감았다 떴을 뿐인데 어느새 새벽이었다. 새벽빛이 어슴푸레 창문을 비추고 있었다.

새벽은 어머니가 힘차게 살았던 시간이었다. 그리고 지금은 내가 살아야 할 시간이었다. 내 가슴에서 뭔가가 꿈틀거리면서 솟구쳐 올랐다. 그것은 소리가 되고 싶은지 먼저 내 목을 건드렸다.

나는 잠든 이들이 깨지 않도록 조용히 일어났다. 그리고 목을 만지작거리면서 밖으로 나갔다.

작가의 말

대학 시절에 여러 편의 단편을 썼다. 그 시절에 썼던 이야기들은 시간이 흐르면서 변형되고 확장되었다. 그중에 등단작 「험악한 세월」도 있었다.

등단작을 내놓은 날로부터 어느덧 십 년이 지났다. 그 시간은 내 편에서는 작품을 감금해 둔 세월이었다. 세상에다 내 이야기를 내놓는다는 것이 부끄러웠다. 무엇보다도 삶에 관한 깊은 깨달음이 없다는 것이 나를 어둠으로 몰아넣었다. 그러므로 감금된 것은 나 자신이었다.

산다는 것은 쉬운 일이 아니었다. 돌아보면 편안했던 날은 손에 꼽을 정도였다. 그래도 읽고 쓰는 것을 게을리하지 않았다. 그런 나를 위로한 것이 문학이었다. 박경리(朴景利)라는 거대한 서사가 아주 작은 고백의 시로 나를 다독거렸다.

당신께서는 언제나

바늘구멍만큼 열어주셨습니다

그렇지 않았다면

어떻게 살았겠습니까

이제는 안 되겠다

싶었을 때도

당신이 열어주실

틈새를 믿었습니다

- 박경리 시 「세상을 만드신 당신께」 중에서

시인의 '구멍'과 '틈새'를 나도 경험했다. 그것들이 사랑의 다른 표현이라는 것도 알게 되었다.

사랑은 나를 숨 쉬게 했고 꿈꾸게도 했다. 내 꿈은 소박하게도 누군가에게 위로가 되는 것이다. 때로는 사랑으로 때로는 이야기로. 그런 마음으로 뒤늦게나마 책을 낸다.

2025년 초가을

이 경 호